BEING SOMEBODY

BEING SOMEBODY

지은이 양성민
펴낸이 최정심
펴낸곳 (주)GCC

초판 1쇄 인쇄 2019년 2월 10일
초판 1쇄 발행 2019년 2월 15일

출판신고 제 406-2018-000082호
주소 10880 경기도 파주시 지목로 5
전화 (031) 8071-5700 팩스 (031) 8071-5200

ISBN 979-11-89432-17-1 03810

www.nexusbook.com

BEING SOMEBODY

배우가 되고 싶다

양성민 지음

Qrious

당신의 꿈은
배우인가요?

배우가 된다는 건 정말 근사한 일이야.

내가 아닌 다른 누군가의 삶 속에 들어가서

때로는 치열하게

때로는 로맨틱하게 살아 볼 수 있잖아.

두근거린다는 말로는 설명이 부족할 만큼

연기를 할 때 가장 채워지는 느낌이야.

하지만 사람들에게

나를 배우라고 소개하기에는 뭔가 부끄러워.

배우로서 이뤄 놓은 것도 없고

재능이 탁월하거나 외모가 출중하지도 않거든.

지극히 평범한 내가 배우가 될 수 있을까?

그저 열심히만 하면 배우로 인정해 줄까?

'때를 기다리라'는 그 말

'언젠가 기회가 온다'는 그 말

믿어도 될까?

언제까지 희망과 절망 사이를 오가야 할까?

내가 가는 이 길이 정말 나의 길일까?

이 길을 걷다 보면 배우라는 꿈에 닿을까?

노력할 만큼 했어.

하라는 것도 다 해 봤어.

사람들에게 치이는 것도 이제 지겨워.

'악!' 하고 소리를 지르고 싶을 정도로.

그러다가 극장에서 좋아하는 배우의

영화 한 편을 봤어.

영화를 보는데 밀어내려고 해도

밑바닥부터 뜨거워지는 느낌이 들어서

눈물이 나더라.

그래, 이래서 내가 배우가 되고 싶었던 거야.

돌고 돌아 다시 제자리에 온 기분이야.

분명 좋은 날도 그렇지 않은 날도 있었어.

지금은 또 괜찮지만

앞으로 고단하고 버거운 날들도 많겠지.

언제까지 되풀이될지 모르겠지만…….

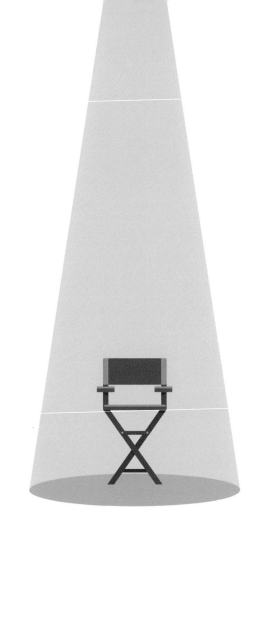

스스로 배우라고

부끄럽지 않게 말할 수 있는 사람이 되고 싶어.

묵묵히 배우 인생의 무게를 견뎌 낸

선배들의 발자국을 따라

하나씩 하나씩 벽돌을 올리듯

완성해 보고 싶어.

비록 언제 완성될지 모르는

막연한 기대일지라도.

나중에 돌아봤을 때

'그래도 잘 해 왔다'라고 말할 수 있는

그런
배우가 되고 싶다.

BEING SOMEBODY

CJ E&M에 신설된 캐스팅팀을 맡아 이끌며 영화, 드라마 등 다양한 작품으로 수많은 배우를 만났습니다. 캐스팅 디렉터로 감독, 배우, 소속사 관계자와 일하며 현장에서 보고 느낀 바를 담아 2015년 『배우를 찾습니다』를 펴냈죠. 이후에도 강연이나 CGV '배우토크' 등의 자리에서 배우 지망생이나 신인들과 만날 때마다 '어디서부터 뭘 어떻게 해야 할지 몰라 막막하다'는 고민을 여전히 많이 한다는 걸 알게 되었습니다.

막연한 희망고문은 의미가 없다고 생각했습니다. 그들에게는 자신의 현재 위치를 정확히 인지하는 것, 각자의 강점과 약점에 맞는 구체적이고 실현 가능한 계획을 세우는 것이 필요했죠. 그들이 가장 궁금해하는 내용, 공개 강연에서는 미처 할 수 없는 이야기를 들려주고 싶었습니다. 그렇게 3년간의 작업 끝에 속편 『BEING SOMEBODY : 배우가 되고 싶다』를 내놓게 되었습니다.

전작에서는 배우가 되기 위한 마음가짐과 자세에 대한 조언이 주를 이뤘는데요. 속편에서는 제목처럼 배우가 되고 싶은 사람들이 꼭 알아야 하지만, 아무도 알려 주지 않는 내용을 들려주고 싶었습니다. 감독과 제작진이 말하는 매력적인 사람의 비밀은 뭔지, 치열한 오디션장에서 자신을 어떻게 드러내야 하는지, 소속사에서는 어떤 배우를 원하는지 등 이 업계의 속 깊은 이야기와 더불어 힘든 시간을 버텨 존재감 있는 배우로 자리매김한 선배들의 조언까지 담았습니다.

배우가 아니라도 성장을 꿈꾸고 이뤄 나가고 싶은 사람들에게도 맞닿을 수 있는 책이기도 합니다. 오디션이나 면접, 인터뷰를 앞둔 학생이나 직장인, 자신의 분야에서 존재감을 드러내야 하는 누구든, 'BEING SOMEBODY'에 대한 열정은 같을 테니까요.

이 책을 통해 내가 지금 무엇을 바라는지, 그것을 이루기 위해 무엇부터 해야 하는지 그리고 지속하려면 무엇이 필요한지를 함께 고민하고 힘을 얻기를 바랍니다. 내가 된다는 것, 배우가 된다는 것, 무언가로 온전해지는 과정이 외롭지 않기를 바라며 BEING SOMEBODY!

양성민

Contents

두 번째 질문 | **부딪쳐 보자**

세 번째 질문 | 선배가 들려주는 이야기

네 번째 질문 | 이제 시작일 뿐

첫 번째 질문

준비되었나요?

배우에게 건네는 질문

"박보검은 연기도 잘하고 잘생겼는데 인성도 좋대."
대중은 연기력, 외모는 물론 인성까지 갖춘 배우들에게 매력을 느낍니다.
이 조건들을 갖추면 어디에서나 빛나는 배우가 될 수 있을까요?

신인 배우들에게 배우가 갖춰야 할 조건을 물어보면
각자가 생각하는 우선순위에 따라 다른 답을 하겠지만,
배우가 되려면 반드시 갖춰야 할 조건들이 있습니다.
신인 배우라면 이 조건을 생각해 볼 필요가 있습니다.

그러고 나서
자신은 그 조건들을 얼마나 갖췄는지에 대한
고민부터 시작해야 합니다.

앞으로 들려줄 배우의 조건들은 신인 배우라면 아는 내용이지만
조건에 대한 해석은 저마다 다를 수 있습니다.
존재감 있는 배우로 자신만의 필모그래피를 쌓고 싶다면
자신을 정확하게 바라보고 고민해 봤으면 합니다.

당신의 가치를
의심하지 마세요

아직도 많은 배우 지망생이 프로필에 나이를 적을 때 실제보다 어리게 적습니다. 여전히 기획사는 배우와 미팅할 때 중요한 질문 중 하나로 나이를 묻죠. 나이가 많아도 어려 보이는 사람이 있고, 나이에 비해 성숙해 보이는 사람도 많습니다. 그런데 왜 다들 나이에 집착할까요?

예전에 배우 김성균이 비교적 신인인 시절, 소속사 매니저와 회사 로비에서 만나서 인사를 나눈 적이 있습니다.

"미팅 있으세요?"

"〈응답하라 1994〉 드라마 오디션 보러 왔습니다."

30대 배우라 당연히 주인공의 삼촌이나 형 같은 역할이라고 생각했었습니다. 당시 그의 나이는 34세였죠. 하지만 김성균은 드라마에서 최강 노안인 18세로 출연했고 '포블리'라는 별명까지 얻으며 큰 사랑을 받았습니다.

이 일이 있고 난 뒤 그동안 캐스팅 일을 하면서 가졌던 나이에 대한 선입견을 날려 버렸습니다. 프로필을 볼 때도 나이에 따라 역할을 한정 짓기보다 배우의 고유한 매력을 찾고자 노력했습니다. 20대 여자 주인공을 찾을 때도 20대에서만 찾지 않고 10대와 30대까지 범위를 넓혀서 찾아보게 되었죠.

그러나 여전히 많은 제작진이나 소속사 관계자들은 나이에 대한 선입견이 있습니다. 오디션 지원 자격에 나이도 반드시 명시하고 엑셀로 필터링해서 예외 없이 선을 긋기도 하죠. 워낙 많은 지원자가 몰리니 1차는 그런 방법으로 거를 수밖에 없다고 하는데, 과연 맞는지 잘 모르겠습니다. 그래서 여전히 꽤 많은 신인이 불편한 마음을 가지면서 프로필에 나이를 속여서 적거나 주변에 어떻게 해야 할지를 묻습니다.

"제 나이가 많은 건가요?"

이 질문에 대한 제 대답은 "굳이 속이지 않아도 된다"입니다. 캐릭터의 나이를 결정짓는 건 배우와 캐릭터의 적합도라고 봅니다. 제작진은 배우가 매력 있으면 캐릭터 나이와 실제 나이가 맞지 않아도 캐스팅하고, 소속사는 배우의 나이가 많아도 계약하려고 하죠. 나이가 우선적으로 고려할 조건은 아니라고 생각합니다. 그보다 '자기 관리'가 더 중요합니다. 자기 관리에 따라서 나이보다 어려 보일 수도 나이 들어 보일 수도 있죠. 자기 관리 없이 프로필에 나이 한두 살 속인다고 해서 달라지는 건 거의 없다고 봅니다.

'미션 임파서블: 폴아웃' 편을 보면서 톰 크루즈에 대해서 다시 한번 생각하게 되었습니다. 올해 그의 나이는 만 56세. '미션 임파서블'1편을 찍었을 때 그의 나이는 34세였습니다. 같은 캐릭터를 22년이나 했지만 영화 어디에도 그의 나이에 대한 언급은 없습니다. 지금도 대역 없이 스턴트를 해내며 오히려 그때보다 액션은 더 위험하고 난이도도 높아졌으며 더욱 강한 체력을 요구하고 있습니다.

말 그대로 '미션 임파서블'에 계속해서 도전하는 톰 크루즈를 보며 '그의 한계는 어디까지일까'라는 경외심마저 듭니다. 이런 사례에도 불구하고 나이에 대한 선입견과 꼬리표는 계속 따라다니겠지만, 어려 보이려고 노력할 필요는 없습니다. 30대라고 20대 배우들과 비교하며 의기소침할 필요도 없고요.

당신은 아직 늦지 않았습니다. 자신의 나이와 외모를 고려해서 그때그때 상황에 맞는 답을 찾으려고 노력하면 됩니다. 나이를 떠나 그 시기에 맞는 역할에 도전하면 됩니다.

자신에게 끊임없이 묻습니다

연기력을 배우의 조건 중 하나로 꼽았지만, 이 챕터 하나로 연기를 논하는 건 무리일 수 있습니다. 연기를 다룬 책만 해도 수십 권이고 학문적으로도 깊이가 상당합니다. 개인적으로 연기 전공자도 아니고 직접 배우를 해 보지도 않아서 연기에 대한 언급은 늘 조심스럽습니다. 캐스팅과 매니지먼트 전문가라고 해도 '연기를 이렇게 해야 한다'라고 직접적으로 얘기해 본 적이 없습니다.

연기를 60년 이상 해 온 이순재 선생님도 영화 〈덕구〉 인터뷰에서 "연기에는 끝이 없다. 아직도 어렵고 늘 새로움을 추구해야 한다는 과제를 안고 있다."라고 말씀하셨습니다.

그런데도 연기는 잘해야 합니다. 연기를 잘한다는 말은 못 들어도 적어도 못한다는 평을 듣지 않으려면 노력해야 합니다. 시청자와 관객의 수준도 높아져서 신인이든 기성 배우든 연기를 못하면 바로 연기에 대한 지적을 듣습니다. 예전에는 배우가 어느 정도 인기 있고 경력이 있으면 연기력을 잘 지적하지 않았습니다.

그러나 이제는 그 누구도 연기력에 대한 평가에서 벗어날 수 없습니다. 신인이든 기성 배우든 끊임없이 고민할 수밖에 없죠.

연기 전문 동영상 앱인 '셀프테이프'를 운영하면서 느낀 점이 있습니다. '연기는 하면 할수록 늘고, 두려워하지 않는 사람이 특히 늘어 간다.'

'셀프테이프'에는 위클리 미션이 있습니다. 매주 지정 대본이나 특정 주제로 연기 과제를 주고, 이를 개인이 연습해서 영상으로 올리면 미션을 완료하는 룰입니다. 이렇게 미션 하나를 수행하려면 여간 손이 많이 가는 게 아닙니다. 원작을 보지 않았다면 원작도 참고해야 하고 대본도 다 외워야 합니다. 본인이 촬영과 편집까지도 해내야 합니다. 이렇게 귀찮고 손이 많이 가는 작업에 수많은 배우가 매일매일 도전장을 내밀고 있습니다. 그것도 지치지 않고 꾸준히.

그런데 운영진으로 이들을 쭉 봐 온 결과 업로드 횟수가 많을수록, 어떤 미션이든 도전하려는 의지가 강할수록 연기가 확실히 느는 게 보였습니다. 그들은 지속적으로 자신에 대해서 고민하고 연구했으며 다른 사람들의 연기를 참고하면서 자신만의 라이브러리를 만들어 나갔습니다. 그리고 그들 역시 '셀프테이프'가 자신의 연기에 무척 도움이 되었다는 이야기를 전해 주었습니다.

연기를 '이렇게 하면 잘할 수 있다'라고 문서화하거나 몇 가지 포인트만 제시하기는 어렵습니다. 하지만 캐스팅 디렉터, 매니지먼트 운영, 연기 동영상 앱 개발과 학생들을 가르치면서 '연기 잘하는 사람들은 대개 이렇더라' 정도는 말해 줄 수 있습니다.

지망생들에게 선배 배우들이 조언해 주는 자리로 마련했던 CGV '배우토크'에서 소위 말하는 연기파 선배 배우들이 공통으로 했던 말이 있습니다.

"연기는 끊임없이 자신에게 질문을 던지고 답을 구하는 과정이다."

그 과정은 고통스럽고 자기 학대에 가까울 정도로 예민하고 날이 서 있어야 합니다. 그게 눈물 나는 연습의 반복일 수도 있고 타인에 대한 집중적인 관찰일 수도 있고 본인이 가진 장점과 약점에 대한 분석일 수도 있습니다. 그리고 그 과정은 답과 결론이 없습니다. 굳이 '과정'이라고 하는 이유는 끝을 담보할 수 없는 배우의 숙명이기 때문입니다.

학교에서 배운 내용이나 연기 선생님이 가르쳐 준 팁이, 자신의 연기에 대한 해답이라고 생각하지 않기를 바랍니다. 이 책을 읽으면서 '연기'에 대한 목차를 보고 뭔가 시원한 해결책을 얻으려 했다면 아마 갈증이 쉽게 해소되지 않을 것입니다.

연기 스킬이나 오디션 노하우는 이후에 따로 언급하겠지만, 배우에게 연기는 배우를 하는 동안 끊임없이 짊어지고 가야 할 업이라는 걸 잊으면 안 됩니다. 누구도 대신 들어줄 수 없고 어느 순간 사라지지 않는 고독하고 묵직한 짐이라는 걸.

"연기는 당연히 하면 할수록 어렵다. 아마 완성이란 없을 것 같고 계속 빈틈을 메꿔 나가는 과정인 것 같다."

_배우 정진영

치열하게 노력해서
이루어 낸 결과물이 있나요?

배우 지망생들의 프로필을 받을 때마다 놀랄 때가 많습니다. 나이가 어린 신인인데도 프로필에 경력이 빼곡하게 적힌 경우가 많기 때문입니다.

그런데 가만히 들여다보면 이름만 들어도 알 만한 드라마나 영화에 출연했는데, 역할이 생각나지 않을 정도로 단역이거나 학생 작품인데 '○○ 역'이라고 적혀 있어서 어떤 역할인지 확인할 방법이 없을 때도 많습니다. 프로필에 한 줄이라도 채워 넣으려는 욕심은 알겠지만 그런 경력이 도움될지 의문입니다.

프로필에 적는 경력을 '으레' 넣으려 하지 않길 바랍니다. 필모그래피는 배우에게 평생 따라다니는 발자취입니다. 피땀 어린 시간과 정성이 만들어 낸 결과물이기도 하죠. 조금이라도 더 채워 놓고 어필하고 싶은 마음은 이해됩니다. 하지만 자신조차 "이게 내 경력에 포함될까?" 하는 애매한 경험을 굳이 넣지 않아도 됩니다.

가끔 지망생들에게 "보조 출연도 경력이 되나요?"라는 질문을 받습니다. 혹은 "보조 출연이라도 해 보면서 현장 경험을 쌓는 게 좋을까요? 아니면 오디션 기회를 얻어서 단역에 도전하는 게 나을까요?"라는 질문도 받습니다. 보조 출연은 말 그대로 보조 출연입니다. 누구나 할 수 있고 내가 아니어도 다른 사람이 하면 그만입니다. 현장에서 촬영이 어떻게 진행되는지 궁금하다면 몇 번 정도의 경험은 도움이 될 수 있다고 봅니다.

제가 생각하는 이력서에 넣는 필모그래피란 '내가 남들과 다르게 노력해서 이루어 낸 결과물'입니다. 그것이 독립영화든 소극장 연극이든 어떤 프로젝트에서 배우 타이틀을 달고 어느 정도 기여한 작품이라면 필모그래피가 되겠죠. 그리고 그런 경험을 쌓기 위해서 노력해야 합니다.

유명 영화나 드라마에 얼굴 한 컷 나온 경험보다는 독립영화라도 처음부터 끝까지 비중 있게 참여해서 결과물을 만드는 게 중요합니다.

그 경험이라는 건 캐릭터에 대한 고민에서부터 함께하는 배우들과의 교감 그리고 현장 스태프와의 스킨십 등이 다 포함된 일련의 활동입니다.

프로필 경력은 다시 한번 말하지만 정성 들인 노력과 시간에 비례한 결과물입니다. 어느 한순간 의지만으로 만들 수 있는 것도 아니고, 천재적인 재능이 있다고 해서 결코 단번에 빈칸을 채울 수도 없습니다. 필모그래피는 지금 당장 누군가 인정해 주지 않아도 묵묵히 현장에서 밤새우며 고생했던 경험들이 하나씩 쌓여서 만들어집니다.

그래서 저는 프로필 경력을 더욱더 높게 평가합니다. 경력은 노력을 배신하지 않기에.

주인공 할 외모는 따로 있나요?

이 질문에 많은 사람이 "따로 있다"라고 말합니다.

"20대에 주인공 할 수 있는 얼굴은 따로 있다.

30대에는 실력이 뒷받침되면 주인공이 될 수 있다."

이런 말도 업계에서 공감을 삽니다.

하지만 이 말은 편견에 가깝습니다. '드라마 미니시리즈에서 20대에 멜로 연기가 가능한 주인공'이라는 구체적이고 까다로운 조건을 달아 질문한다면 모를까요. 주인공 외모가 따로 있다는 말은 나이와 장르 그리고 캐릭터를 모두 배제한 문장이며, 마치 학창 시절 반장을 할 수 있는 외모가 따로 있다는 말과 비슷합니다.

외모만큼 해석이 주관적인 조건이 있을까요?

오디션장에 들어가서 보면 심사위원들 사이에서 가장

의견이 다른 부분이 외모입니다. 외모에 대한 평가는 심사위원의 주관적인 경험이나 시각에 따라 달라질 수밖에 없습니다. 잘생긴 외모도 누군가에게는 단점으로 보일 수 있고, 상대적으로 못생겨도 희소성 있는 외모라면 더욱 관심이 갈 수도 있습니다.

다르게 얘기하면 외모에 대한 고민은 외모만 놓고 볼 수 있는 조건이 아닙니다. 자신의 나이나 경험 그리고 역할같이 여러 상황을 두고 고민할 부분입니다. 누구나 화면에서 더욱 멋있게 보이고 싶고 예쁘게 나왔으면 합니다. 하지만 어떤 배우의 지향점은 멋지고 예쁜 외모가 아닐 수도 있습니다.

넷플릭스 드라마 〈오렌지 이즈 더 뉴 블랙(ORANGE is the new BLACK)〉을 보면 '어디서 저런 배우를 캐스팅했을까?' 할 정도로 인종과 나이를 떠나서 강렬한 캐릭터들의 총집합을 볼 수 있습니다. 개성이 강하고 누구 하나 예뻐 보이려 하지 않아서 드라마의 리얼리티는 더욱 배가됩니다.

그런데도 외모의 기준을 전형적인 미남 미녀에 두고 부족한 부분을 성형수술로 개선하려는 시도들을 보면 아쉽습니다. 배우의 외모를 평가하는 기준은 성형외과 의사의 눈썰미가 아니라 대중의 호감도입니다.

그렇다면 과연 지금 당신의 외모를 어떻게 평가할 수 있을까요? 외모에 대한 평가가 객관적일 수는 없지만 어느 정도의

배우가 되고 싶다

공통된 의견은 참고할 필요가 있습니다.

소속사로 신인 배우들이 오디션을 보러 오면 직원들과 의견을 나누는데, 이때 평가자가 두세 명 정도면 의견이 갈리는 경우가 많습니다. 하지만 평가자가 다섯 명이 넘으면 의견이 어느 정도 공통된 방향으로 좁혀집니다. 그래서 가능하면 지망생들이나 신인 배우들에게 믿을 만한 업계 관계자를 다섯 명 이상 만나 보라고 얘기합니다. 그리고 그 자리에서는 '멋있다', '예쁘다'의 평가가 아닌 본인이 생각하는 외모와 남이 평가하는 외모가 어느 정도 갭이 있는지를 확인해 볼 필요가 있습니다.

그러나 외모에 대한 평가가 반드시 본인의 역량에 대한 평가는 아닙니다. 역량보다는 배우의 방향을 체크해 보는 하나의 척도일 뿐입니다. 말 그대로 외모는 외모일 뿐. 배우에게 중요한 스펙은 외모 말고도 많습니다.

다행인 것은 이제는 관객과 시청자들도 전형적인 미남 미녀 스타일뿐만 아니라, 남다른 매력이 있거나 연기를 잘하는 배우에게 관심을 보이기 시작했다는 점입니다.

그리고 한 가지 더 기억하세요. 성형수술에는 반드시 이유가 있어야 한다는 사실을. 성형수술을 단순히 더 멋지고 예뻐지려고 하는 거라면 다시 생각해 볼 필요가 있다는 점도요.

착하기만 한 배우 말고
인성을 갖춘 배우가 되세요

배우에게 인성이 중요하다는 이야기를 전작 《배우를 찾습니다》에서 충분히 다뤘습니다. 많은 제작진이나 매니지먼트 관계자의 인터뷰를 찾아봐도 알겠지만, '인성'의 중요성은 거듭 강조됩니다. 배우의 인성은 업계 관계자들 사이에서 끊임없이 회자되는 단골 메뉴죠. 평판이 좋지 않으면 소문은 더 빠르고 넓게 퍼지곤 합니다. 더욱 무서운 사실은 배우 본인이 업계에서의 평판을 알기도 전에 여러 가능성에서 배제된다는 것이죠.

배우 신혜선은 신인 때부터 한 번 일했던 제작진들이 계속해서 다른 작품에 캐스팅하거나 추천해 주면서 좋은 작품들과 인연을 맺었습니다. 그리고 한 번 작품을 같이한 선후배들은 한결같이 그녀를 칭찬합니다.

칭찬하는 이유는 저마다 다르겠지만, 현장에서 선배 배우뿐 아니라 막내 스태프들에게까지도 겸손하고 밝은 모습으로 대하기 때문일 것입니다. 비단 신혜선뿐만 아니라 이런 미담으로 평판이 결정되는 일은 자주 있습니다. 확실한 건 배우에게 인성은 분명 '통하는 이유'이고 중요한 조건입니다.

그러나 많은 지망생이 인성에 대해서 '배우는 착해야 된다'라고 알고 있습니다. 하지만 꼭 그렇지만은 않습니다. '착한 배우'보다는 '영리한 배우'를 선호합니다. 착하기만 한 배우는 오히려 매력이 없습니다. 구체적으로 '그 배우는 착하기까지 해'라는 평가가 중요합니다.

인사 잘하고 현장에서 싹싹하다고 인성을 인정받지 않습니다. 그보다는 말 한마디, 행동 하나라도 센스 있게 잘하는 배우가 인성도 좋고 연기도 잘한다는 평가를 받습니다.

전 오히려 이기적인 배우가 되라고 주문합니다. 더 정확히 인성을 갖춘 이기적인 배우. 이기적이라는 건 본인 연기에는 악착같이 집중하고, 또 상대 배우는 배려할 줄 아는 인성을 갖춰야 한다는 말입니다.

많은 배우가 연기 스타일을 말할 때 소위 말해서 '따먹는 연기'와 '받쳐주는 연기'에 대해서 언급합니다. 그게 꼭 본인이 돋보이도록 이기적으로 연기하라는 것도 아니고, 상대를 배려해서 연기의 폭 또한 양보하면서 받쳐주기만 하라는 것도 아닙니다.

축구로 따지면 공격형과 수비형이 있는데 둘 다 어떤 포지션이 더 중요하다고 말할 수 없듯 밸런스가 중요합니다. 공격할 때는 집요할 정도로 치고 나가고, 수비할 때는 상대의 몸짓 하나에도 반응할 정도로 기민해야 합니다. 착해야 한다는 이유로 모든 상황에서 수비형만 되어서는 안 된다는 뜻입니다.

꼭 연기뿐만 아니라 "내가 이런 부탁을 하면 감독이 싫어하겠지?", "저 선배에게 이런 걸 물어보면 싫어하겠지?"라며 부딪쳐야 할 일들을 피해 버리는 배우들이 있습니다. 무조건 피하기만 하는 착한 배우만 되다 보면, 결국 그 점 때문에 모두에게 피해를 끼칠 수도 있습니다.

다시 말하지만, 착하기만 한 배우를 보고 인성이 좋다고 말하지 않습니다. 제작진과 소속사의 커뮤니케이션에서도 착해야 한다는 콤플렉스는 독이 될 때가 있습니다. 작품 선택에서도 아직은 신인이어서 회사에 반하는 의견을 내는 것이 누가 될까봐 말하지 못하고, 하기 싫은 작품을 하면 결국 그 선택에 대한 피해는 본인과 회사에 돌아가게 되어 있습니다.

인성을 갖춘 배우가 되세요. 연기할 땐 치열하게 고민하고 몰입하지만 본인을 낮출 줄 아는 겸손함, 상대를 배려할 줄 아는 커뮤니케이션, 작품과 사람에 대한 애정을 갖춘 그런 배우요.

유명한 소속사에 들어가면
성공할 수 있겠죠?

배우 지망생들은 소속사가 있으면 있는 대로, 없으면 없는 대로 고민합니다. 지금껏 소속사에 대한 고민이 없는 배우를 거의 본 적이 없습니다. 들어가고 싶은 회사가 있는데 어떻게 준비하면 좋을지, 지금 있는 회사와 문제가 있는데 어떻게 해결하면 좋을지……. 소속사에 대한 고민은 항상 따라다닙니다.

우선 소속사가 없는 지망생들에게는 소속사가 있는 것이 배우가 되기 위한 필수 조건이 아니라고 말해 주고 싶습니다. 소속사가 필요한 시점은 각자 다릅니다. 원하는 소속사에 들어가고 싶다면 본인이 어느 정도 준비되어 있는지를 먼저 점검해 봐야 합니다.

좋은 소속사일수록 준비된 신인을 찾습니다. 준비된 신인이란 마음가짐이 준비된 사람이 아닙니다. 어느 정도 실력이 검증된 신인을 말합니다. 개인이 혼자서 할 수 있는 한 최선을 다해서 준비해 온 신인, 혼자서 프로필 돌리면서 오디션 기회를 뚫어 보기도 하고 독립영화에서 어느 정도 안정적으로 경험도 쌓아서 상업영화나 드라마 오디션에서도 경쟁력이 있는 그런 신인이요. 반드시 경력이 필요하다고 말할 수없지만, 소속사들이 확실히 원하는 배우의 공통점은 스스로어느 정도 경쟁력을 갖춘 신인입니다.

가끔 연기 경험이 전혀 없는 신인이 우연한 기회에 괜찮은 소속사와 계약하고, 신데렐라처럼 주요 배역을 맡게 되는경우도 있습니다. 최근에는 작품 수가 워낙 많다 보니 신인에게도 비중 있는 역할이 많이 주어지는 추세이기도 합니다. 하지만 준비가 덜 된 상태에서 돋보이는 역할을 맡았다가 연기력이 따라가지 못해서 대중에게 일찌감치 외면당하는 사례들도 고민해 볼 필요가 있습니다.

지망생에게 어떤 회사를 가고 싶냐고 물어보면 대부분익히 알 만한 회사를 언급합니다. 아무래도 회사에 대한 정보가 거의 없어서 이름만 들어도 아는 회사를 좋은 회사라고 생각하기 쉬울 겁니다. 특히 여배우는 메이저 회사에 대한 선호도가 높은 편입니다. 회사의 브랜드가 본인의 가치를 증명해 주는 거라고 믿는 경향도 있습니다.

그러나 막상 배우의 프로필을 보면 희망하는 소속사들이 좋아할 프로필이 아닙니다. 본인이 아직 충분한 경쟁력을 갖추지 못했는데 괜찮은 소속사에만 들어가고 싶어 하는 건, 모의고사 점수는 턱없이 부족한데 유명 대학에 들어가고 싶어 하는 욕심과 다를 바 없습니다.

계약은 갑과 을로 명시되어 있지만 회사와 개인이 어느 정도 동등한 위치에서 서로 윈윈할 수 있어야 합니다. 일방적으로 회사가 힘을 가지면 신인은 회사에 당당히 요구할 수 있는 권리도 잃게 됩니다. 그래서 "제 가능성을 보고 꼭 뽑아 주세요."라는 접근보다는 '내가 먼저 회사에서 필요한 사람이 되어야겠다'는 마음가짐을 가져야 합니다.

좋은 소속사에 대한 구분

직접 매니지먼트를 운영하면서 '과연 좋은 매니지먼트는 어떤 회사인가?'라는 고민이 더욱 깊어졌습니다. 회사의 역량이란 배우에게 좋은 작품을 영업해 주거나 선별해 주고 소통을 잘하며 관리를 잘하는 것으로 생각했습니다. 때로는 현장 매니저에 대한 만족도가 회사에 대한 만족도로 바로 연결되기도 해서 운영이 더욱 쉽지 않았습니다.

그래서 회사를 볼 때 소속사에 어떤 배우가 있는지도 중요하지만 실제 같이 일할 매니저의 성향이 어떤지도 알아볼 필요가 있습니다. 대부분의 신인이 소속사와 미팅할 때 이런 면을 체크하기가 쉽지 않습니다. 소속사들은 대부분 계약을 앞둔 신인에게 듣기 좋은 말만 합니다. 신인이 한두 번 소속사와 만나서 얘기를 나눈다고 매니저의 성향이나 회사의 마인드에 대해 좋고 나쁨을 판단하기는 쉽지 않습니다.

그럴 때는 두 가지 방법이 있습니다.

첫 번째는 그 회사 소속 배우의 행보입니다. 자신이 닮고 싶거나 따라가고 싶은 배우를 놓고 봤을 때 작품 선택, 예능 활동, 홍보 방향 등을 보면 대략 그 회사의 선택 기준이 보일 때가 있습니다. 배우의 활동은 결국 회사와 배우의 여러 가지 선택에 대한 결과이기 때문에 회사의 포트폴리오일 수 있습니다.

두 번째는 평판 체크입니다. 업계에서 일하는 사람에게 물어보는 것이 가장 정확합니다. 만약 직접 아는 사람이 없어도 한두 단계 관련자들을 거치다 보면 그 회사에 대한 평판을 어렵지 않게 들을 수 있습니다. 가끔 신인 중에는 단순히 회사 이름값이나 규모 혹은 내가 좋아하는 배우가 있는지를 보곤 합니다. 하지만 관계자들을 통해 사전 평판 체크를 해 보면 회사의 이름값이나 규모와는 별개인 경우도 종종 있습니다.

　배우라면 '지금 내가 회사에 어떤 부분을 바라고 중요하게 생각하는지' 정확히 알아야 합니다. 중요시하는 부분이 매니저와의 소통이거나 영업 능력, 또는 안정적인 관리일 수도 있습니다. 그러기 위해서는 역시 자신의 포지셔닝을 정확하게 알아야 합니다. 완벽한 이상형이 존재하기 어렵듯 회사도 단점은 반드시 있다는 점도 감수해야 합니다.

나는 지금 어디쯤 와 있는 걸까?

지망생들과 상담을 하다 보면 자신이
무엇부터 해야 할지를 모르는 경우가 많습니다.
그 이유는 본인이 어떤 상황인지를 제대로
인지하지 못하기 때문입니다.
'남들이 이렇게 하니까 따라가야지'라고 생각하면
결코 남보다 나을 수가 없습니다.

본인의 현실에 대한 정확한 인지에서부터 출발해야 합니다.
그래야 연기를 더 배울지, 오디션을 알아보러 다닐지,
소속사를 찾는 게 나을지
우선순위를 정하고 계획을 세울 수 있습니다.

윤제균 감독은 배우 지망생에게
가장 필요한 단어로 '주제 파악'을 꼽았습니다.
생각보다 자신을 모르고 무턱대고
배우를 준비하는 지망생들이 많기 때문입니다.

자신이 어떤 배우인지
고민해 본 적 있나요?

배우 지망생을 위한 간단한 '자기진단법'을 소개합니다. 한 번쯤 가볍게 체크해 보고 넘어가 보죠.

1. 나이가 20대 초반이다.
2. 대학교에서 연기 관련 전공을 했다.
3. 연기 학원에 다니거나 개인 교습을 받은 적이 있다.
4. 연극이나 독립영화 참여 등 현장 경험이 풍부하다.
5. 오디션 경험이 10번 이상 된다.
6. 빼어난 외모라는 평가를 자주 받는다.
7. 주변에서 '배우 해 보라'는 권유를 받은 적이 많다.

8. 캐스팅 제의를 받은 적이 많다.

9. 배우로서 선천적인 끼를 가졌다는 말을 듣는다.

10. 향후 10년간 어떤 고생을 해도 배우만 하겠다.

7개 이상 체크했다면

배우 지망생으로서 어느 정도는 경쟁력을 갖춘 편입니다. 특히 소속사에서 요구하는 스펙을 어느 정도 갖췄다고 볼 수도 있습니다. 하지만 중요한 건 위의 스펙을 두루두루 가진 경쟁자 또한 많다는 사실입니다. 위의 조건은 배우가 되기 위해 꼭 필요한 스펙이라고 말하기도 어렵지만, 본인이 현재 어느 위치에 있느냐를 점검하려면 한 번쯤 고려해 볼 만한 조건들이긴 합니다. 많지 않은 나이에 외적인 매력, 연기에 대한 기본기 그리고 풍부한 현장 경험을 갖췄다면 배우로서 도전해 볼 만한 경쟁력을 갖춘 편입니다.

4~6개 체크했다면

나이가 비교적 어린 편에 연기 전공자이며 외모가 어느 정도 돋보이는 편일 수도 있고, 나이나 외모와 상관없이 현장 경험이 풍부하고 배우가 되겠다는 의지가 강한 편일 수도 있습니다. 뒤에서 케이스별로 구체적으로 다루겠지만 아마 지망생 대부분이 여기에 해당할 것입니다.

그것은 당신은 지금 수만, 수십만 명의 경쟁자들과 같은 선상에 있다는 뜻이기도 합니다. 지금 당신에게는 특출함이 필요합니다. 앞서 언급한 배우의 조건들을 두루두루 갖추기보다는 한 가지라도 자신만의 색깔을 만들 수 있는 역량이 필요합니다. 그에 대한 대답은 오직 본인만이 할 수 있습니다. 어느 부분에 집중해서 노력할지에 대한 고민이 조금 더 필요해 보입니다.

0~3개 체크했다면

이제 막 시작한 지망생이거나 아직 제대로 시작하지 않았지만 호기심이 많고 '한번 해 볼까'라는 막연한 꿈을 가진 편일 수 있겠습니다. 중요한 건 위에 열거한 조건들이 꼭 충족되어야 하는 것도 아니고 본인의 노력으로 상황은 얼마든지 바뀔 수 있다는 점입니다.

하지만 배우를 준비한 지 시간이 제법 흘렀다면 다시 한번 생각해 볼 필요가 있습니다. 지금까지 방법이 잘못되었거나 의지만 앞서 무엇 하나 제대로 시작하지 못한 상황일 수도 있기 때문입니다. 중요한 건 지금부터입니다. 본인이 무엇이 부족하고 무엇을 잘할 수 있는지 아는 것부터가 시작입니다.

지금 어디쯤
가고 있는 거지?

그럼 본격적으로 자신이 지금 어느 위치에 있는지 이야기해 보죠. 각자가 처한 상황과 조건은 모두 다를 것입니다. 개개인의 상황을 고려해 일대일 맞춤별 팁을 주면 좋겠지만, 여기에서 모두 소개할 수 없어서 8개로 그룹을 나눴습니다.

A 유형 │ 30대 이하로 경력이 많고 소속사가 있다

운이 좋을 수도 있고 성실하게 준비한 결과일 수도 있습니다. 소속사가 어느 정도 뒷받침된다면 빠른 시일 안에 더욱 빛을 보게 될 스타일입니다. 흔히 말하는 라이징 스타가 속한 유형이기도 합니다. 매력 있는 외모에 연기력도 뒷받침되고 오디션장에 가서도 자신감 있게 하고 올 수 있는 실력이라면 상대적으로 경쟁력을 갖춘 편입니다. 어쩌면 이들에게 필요한 건 이렇게 잘 풀리는 상황을 '당연하게' 받아들이지 않는 자세입니다.

'라이징'이란 단어는 그 누구에게도 오래 붙어 있지 않습니다. 어느 순간 내 손에 부와 인기가 주어지면 그런 상황을 당연하게 받아들이게 됩니다. 특히 어린 나이에 성공할수록 그럴 가능성은 더욱 큽니다. 누군가 20대에 큰돈을 벌면 그건 '내 돈이 아니다'는 말을 했는데 결코 틀린 얘기가 아닌 것 같습니다.

세상은 끊임없이 신선한 얼굴을 찾고 새로운 스타들이 등장하고 또 누군가는 금세 잊힙니다. 우리가 라이징 스타라고 불렀던 수많은 사람은 지금 어떻게 되었을까요? 소위 말해서 반짝 떴다가 금세 잊힌 연기자 동생들이 주변에 여럿 있는데, 이들은 그 이유에 대해서 하나같이 이렇게 말합니다.

"그게 너무 당연해 보였고 계속될 줄 알았죠."

인기를 얻는 게 당연하고 계속될 거라는 생각만 경계한다면 분명 남들보다 유리한 위치에 있는 건 맞습니다.

B 유형 | 30대 이하로 경력이 많고 소속사가 없다

배우에 대한 열망이 강하고 성실한 타입이라고 할 수 있습니다. 비교적 어린 나이에도 불구하고 연극이나 독립영화에 참여해 착실하게 경력을 쌓은 편입니다. 소속사가 없는 이유는 아직 소속사에 대한 필요를 느끼지 못했거나 소속사를 알아봤지만 스타성이 부족해서 선뜻 계약되지 않은 경우입니다.

보통 한번 발을 들인 분야(예를 들어 뮤지컬이나 아이돌 등)에서 초기에 인연을 맺은 사람들을 무작정 따라가는 경향이 있습니다. 그러다 보면 진정으로 원하는 것을 고민하고 선택하는 타이밍을 종종 놓칠 때가 있습니다.

어느 분야든 분명 연기에 좋은 경험과 보탬이 됩니다. 하지만 생각보다 많은 지망생이 한번 일을 시작하면 관성적으로 그 분야에서 머무르는 일이 많습니다. 이미 인연이 된 사람들과 익숙한 주변 상황들이 더욱 그렇게 만듭니다. 그럴수록 먼저 방향을 고민해야 합니다.

B 유형은 노력의 시간이 길어지고 깊이가 생길수록 나중에 기회가 왔을 때 확실하게 보상받는 편입니다. 종종 영화나 드라마에서 갑자기 존재감을 드러내면서 뒤늦게 인기를 얻으며 승승장구하는 배우들이 대부분 이 유형에 속해 있습니다.

개인적으로 가장 응원하고 꿈을 지지하는 스타일이기도

합니다. 이런 유형의 신인들은 무명 기간이 길어지거나 노력해도 전과 크게 달라지지 않을 때 좌절하곤 합니다. 무턱대고 열심히 하지 말고 방향을 먼저 고민해야 합니다. 속도를 욕심내기보다는 가고자 하는 방향으로 꾸준히 가는 거죠.

C 유형 | 30대 이하로 경력이 적고 소속사가 있다

비교적 외모에 경쟁력이 있거나 스타성이 있는 신인이 많습니다. 소속사에서도 어느 정도 투자를 고려하고 연기 교육을 시키거나 트레이닝을 해 줍니다. 핸디캡이라면 경력이 없거나 연기력이 뒷받침되지 않는 부분인데, 생각보다 이 점을 심각하게 생각하지 못하는 신인들이 많습니다.

그리고 이런 신인들일수록 회사에 대한 의존도도 높은 편입니다. 오디션 기회가 적다고 불만을 드러내거나 결과가 좋지 않으면 회사 탓을 하기도 합니다. 그럴수록 스스로 경력을 만들 필요가 있습니다.

이런 유형의 신인 중에서 칭찬해 주고 싶은 스타일은 혼자서도 계속해서 도전해 보고 실력과 경험을 쌓기 위해 상당한 시간을 할애하는 친구들입니다. 독립영화나 저예산영화도 마다하지 않고 비슷한 또래의 연기자들과 스터디하면서 부족한 점을 채우려고 노력합니다.

여러 번 강조하지만 소속사에 들어갔다고 해서 저절로 경력이 쌓이거나 실력이 좋아지지 않습니다. 성공 또한 담보되지 않고요. 그 책임은 오롯이 본인의 몫입니다.

이런 유형의 신인들이 회사만 바라보고 시키는 대로 하거나 달콤한 결과만 기다리다가 결국 회사에서 나오게 되었을 때 마땅한 경력도 없는 경우를 여럿 봤습니다. 그런 결과를 두고 이 유형의 신인들은 회사 사정이 좋지 않았다거나 매니저와 소통이 잘되지 않았다는 이유를 들곤 합니다.

하지만 본인의 프로필 경력에는 그런 회사 사정이 들어가지 않습니다. 그 누구도 당신의 과거에 대해서 이런저런 연유를 궁금해하지 않습니다. 오로지 프로필에 담긴 경력과 연기 실력만이 당신이 보여 줄 길입니다.

D 유형 | 30대 이하로 경력이 적고 소속사가 없다

대부분 연기를 시작한 지 얼마 되지 않았거나 의지는 있지만 노력이 뒷받침되지 않는 경우입니다. 아니면 노력을 해도 성과가 잘 따르지 않는 경우일 수도 있고요. 만약 연기를 시작한 지꽤 되었거나 노력의 결과가 계속 좋지 않았다면, 왜 진전이 없는지 한번쯤 다시 생각해 볼 필요가 있습니다.

이런 유형일수록 주변에 멘토나 코칭해 줄 누군가가 필요합니다. 방법이 잘못됐거나 가능성이 희박한 문만 계속해서 두드리고 있을 수도 있습니다. 어떤 지망생은 1년, 2년이 지나도 항상 같은 프로필을 주기적으로 보냅니다.

프로필을 보면 사진도 경력도 '이건 어디에 보내도 연락받기가 쉽지 않겠다' 싶을 정도인데 계속해서 보내 옵니다. 아마도 그 지망생은 자신의 프로필에 문제가 있다는 생각보다 무언가를 계속한다는 '행동'에만 의미를 부여하는 거겠죠. 그들에게 안 되는 이유에 대해서 설명해도 "난 최선을 다했고 할 만큼 했어."라고 신세 한탄을 할지 모릅니다.

가끔 지망생을 만나면 "오디션 정보는 어디서 얻나요?", "프로필은 어떻게 만드나요?", "소속사는 어떻게 알아보죠?"라고 물어보는 친구들이 있습니다. 그들에게는 가장 절실한 질문이고 아마도 속 시원한 대답을 기대했을지도 모릅니다.

하지만 배우를 꿈꾼다면 이런 질문에 앞서 스스로 질문하고 답을 구했던 과정이 있었는지 생각해 봐야 합니다. 지름길을 알려 달라고 묻기보다는 지도를 펼쳐서 걷기도 해 보고 막히면 다시 돌아가 보는 그런 노력이 꼭 필요합니다.

"전 아무것도 몰라요. 시간이 없으니 빨리 답을 주세요."

라고 접근할 문제가 아닙니다. 세상에는 먼저 움직이지 않는데 끌어 줄 사람은 거의 없으니까요.

E 유형 | 30대 이상으로 경력이 많고 소속사가 있다

연기를 시작한 지 꽤 된 사람이라면 잘 버텨 내며 잘해 가고 있다는 증거이기도 합니다. 어떤 분야든 꾸준히 실력을 쌓고 경력을 조금씩 올리는 과정에 있다면, 지치지 말고 조금 더 해 보는 것입니다. 단, 배우로서의 꿈이 확고하다면요.

30대 중반 정도라면 이미 몇 번의 슬럼프를 겪고 포기하고 싶은 유혹에도 빠졌을 것입니다. 주변 동료와 비교하며 현실과 이상 사이에서 수도 없이 고민했겠죠. 그래도 소속사도 있고 함께할 팀이 있다는 건 당신의 가능성을 인정해 주는 것이니, 조금 더 달려 볼 충분한 이유가 있습니다.

30대에 접어들면 연기에 어느 정도 자신감이 들기 시작합니다. 연기에 대한 지적이 줄어들고 경력도 쌓이다 보면 어떤 상황에서도 그럭저럭 잘해 나갈 수 있게 됩니다. 하지만 사실 '그럭저럭'이 가장 경계해야 할 부분입니다. 연기를 못하지는 않지만 잘하지도 않는 상태이기 때문입니다. 현장이 편안하고 익숙해진다는 건 그만큼 긴장을 하지 않게 되거나 에너지를 쏟아붓지 않는다는 얘기일 수 있습니다. 예전에는 대본을 통째로 외워서 갔다면 이제는 적당히 외워서 가고 나머지는 현장에서 그때그때 외워서 하면 된다는 생각이 들 수도 있습니다. 연기를 오래 하고 인정받는 배우들일수록 이러한 매너리즘과 적당한 타협을 거부합니다.

프로가 롱런하는 비결은 한결같은 프로 의식입니다. 오히려 인지도가 올라가고 내가 책임져야 할 비중이 높아질수록 이러한 안일한 마인드를 가장 경계해야 합니다.

F 유형 | 30대 이상으로 경력이 많고 소속사가 없다

소속사가 없는 이유는 여러 가지가 있을 것입니다. 소속사 없이 혼자서도 충분히 할 수 있거나 괜찮은 소속사에 가고 싶지만 들어가지 못하는 경우 등……. 다시 한번 말하지만 소속사의 유무가 반드시 배우의 가치를 증명하거나 성공하기 위한 필수 조건은 결코 아닙니다.

전작《배우를 찾습니다》라는 책을 내고 몇 번의 북토크를 가졌습니다. 그때 만나 이야기를 나눈 신인들은 F 유형에 가장 많이 속했던 것으로 기억납니다. 그 신인들은 이런저런 시도를 다 해 보고 꽤 오랜 기간에 걸쳐 배우 생활을 했습니다.

하지만 눈에 띄는 변화가 없다 보니 마지막 지푸라기라도 잡는 심정으로 많은 신인이 북토크에 찾아와서 문의했습니다. 그들 중 일부는 드라마에서 고정적으로 어느 정도 대사가 있는 역할도 해 보고, 영화도 여러 편에서 잠깐씩이라도 얼굴을 비추고, 연극에서는 주인공으로 웰메이드 작품도 해 볼 만큼 주변에 어느 정도 인정해 주는 선후배도 있습니다.

괜찮아 보이지만 실상은 그다지 나아질 기미가 보이지 않는 케이스입니다. 이런 유형의 배우들이 생각보다 꽤 많았습니다. 사실 무명 기간이 길었던 늦깎이 배우들의 경험담을 들어 보면 예기치 못한 어떤 계기로 지지부진했던 쳇바퀴에서 벗어날 수 있었다는 얘기들을 듣곤 합니다.

배우 진선규는 대학로에서는 제법 유명한 연극배우였지만 영화와 드라마 오디션은 매번 떨어졌다고 합니다. 불과 영화 〈범죄도시〉 오디션에 붙기 전까지만 해도 그는 떨어지는 게 익숙한 배우였습니다.

만약 〈범죄도시〉 오디션에서 떨어졌다면, 그 영화가 흥행하지 않았다면, 이런 여러 가정이 있지만 어쨌든 그는 기회를 잡았고 증명했습니다. 그에게는 하늘에서 준 선물 같은 일이었지만 그가 준비되어 있지 않았다면 결코 받을 수 없는 선물이었습니다. 어쩌면 이 유형의 배우들에게 가장 필요한 건 지금 상황에서 한 단계 올려 줄 고마운 인연일 수도 있습니다. 그게 감독일 수도 있고 작가일 수도 있고 매니저일 수도 있습니다. 사람에게는 몇 번의 기회가 온다고 하는데 아직 만나지 못했을 뿐입니다.

꾸준함은 분명 기회를 만듭니다. 그리고 우리가 운이라고 하는 건 결국 성실함과 뛰어난 실력이 뒷받침되어야 가능한 일들입니다. 이미 잘해 왔고 어쩌면 임계점 앞에서 주저하고 있을 수도 있습니다. 언젠가 만나게 될 인연을 기다리며 꾸준히 지금처럼 가 보길 권합니다.

G 유형 | 30대 이상으로 경력이 없고 소속사가 있다

이 유형의 신인은 아마 많지 않을 것입니다. 나이가 있는데 경력은 없고 소속사와 계약한 지 얼마 안 되었다면, 다른 분야에 있다가 뒤늦게 연기에 입문했을 확률이 높습니다.

아는 신인 중에 연기 경험은 없지만 모델 출신에 훤칠한 키와 훈훈한 외모로 주목받아 데뷔하자마자 드라마에서 남자 두 번째 주인공을 맡았던 친구가 있습니다. 그야말로 혜성처럼 등장했었고 연기자로서 성공도 보장된 것처럼 보였습니다.

그러나 이 신인은 그 드라마를 끝으로 2년이 넘도록 작품에 들어가지 못했습니다. 연기 경험이 없는 신인에게는 너무 무거운 왕관의 무게였습니다. 연기력 논란은 그에게 꼬리표처럼 따라붙었습니다. 지금도 열심히 노력하지만, 당시의 신선함은 이미 빛을 바랬고 치고 올라오는 다른 신인들에 밀려 고군분투 중입니다.

남들보다 좋은 기회를 잡을 확률이 높다는 건 그만큼 책임에 대한 리스크 역시 크다는 걸 명심해야 합니다. 만약 이 유형의 신인이라면 지금 이 글을 읽는 순간에도 남들보다 몇 배의 연습을 하고 있어야 합니다. 이제 막 연기를 시작한 20대라면 실패해도 다시 도전할 기회가 충분히 있습니다. 그러나 30대를 지나면서부터는 기회가 왔을 때 잡지 못하면 다음을 기약하기 어려울 수도 있다는 점을 기억하셔야 합니다.

H 유형 | 30세 이상으로 경력이 적고 소속사가 없다

뒤늦게 배우의 꿈을 꾸기 시작한 이들이 해당될 것입니다. 서른을 훌쩍 넘은 나이에 연기를 배워 본 적도 없고 주변에 잘 아는 사람도 없는데 배우로 도전하는 게 가능할까? 이때 중요한 건 100% 본인의 의지입니다. 여지껏 하던 분야를 내려놓고 새로운 꿈에 도전한다는 건 어느 분야나 모험일 것입니다.

그럼에도 불구하고 연기자 중에서는 그런 케이스가 제법 있습니다. 대기업을 다니다가 그만두고 배우로 진항해서 인정받는 경우도 있고 운동선수나 승무원, 교사 등 다양한 직업을 가진 이들이 배우에 도전해서 성공한 사례 또한 많습니다 (물론 성공한 사례만 기억에 남아서 그럴 수도 있습니다). 대신 그 누구보다 남달라야 합니다. 늦게 시작한 만큼 다른 동료나 선후배보다 몇 배는 희생할 각오를 해야 합니다. 도전이 쉽지 않은 만큼 의지가 확고해야 합니다. 이색 직업을 가졌던 과거는 당신을 드러내는 꼬리표 정도일 수는 있으나 결코 배우로서 메리트가 되지는 않기 때문입니다.

당신이 어떤 매력이 있든 지금까지 분리한 유형 중에서는 가장 핸디캡이 많은 유형일 수밖에 없습니다. 나이가 있어서 분명 소속사에 들어가기에도 불리할 수 있고 경력이 없다는 점 역시 더욱 입지를 좁게 만들 것입니다.

앞서 말했듯이 계속 배우를 할 것인지 말 것인지는 본인의 단호한 의지에 달려 있습니다. 가장 현실적으로 고민하고 답을 내려야 하기에 더욱 신중해질 수밖에 없습니다. 그리고 만약 시작한다면 반드시 잘되지 않았을 경우도 염두에 두고 시작하길 바랍니다. 생각보다 길고 외로운 길이 될 수도 있습니다.

지금까지 나이, 소속사 등을 바탕으로 배우를 유형별로 나눠 이야기해 보았습니다. 당신이 지금 어떤 유형에 속해 있든, 배우를 평생 업으로 삼고 싶다면 조급해하지 말고 끈기 있게 나아가야 합니다.

배우 지망생들의 고민

그동안 캐스팅 디렉터로, 기획사 대표로 일하면서 가장 많이 들었던 질문 유형들을 정리해 보았습니다. 각자의 상황이나 고민은 다를 수 있겠지만 최대한 공통적으로 가질 법한 질문들로 뽑았습니다. 속 시원한 사이다 같은 대답이면 좋겠지만 그렇지 않더라도 본인의 상황에 맞춰서 이해하고 적용해 보면 어떨까 싶습니다. 어차피 정답이 없는 일들이기에…….

01_ 메이저 기획사에 들어가고 싶어요

20대 초반으로 연기 전공자도 아니고 연기 경험도 없습니다. 하지만 특출한 미모로 SNS에서도 인기 있고 연예 기획사에서 제의를 받은 적도 있습니다. 하지만 누구나 알 만한 배우들이 속한 큰 회사에 들어가고 싶어요.

연예 기획사를 지원하는 적잖은 지망생들이 본인의 외모에 비중을 크게 두고 지원하는 경향이 있습니다. 실제 길거리 캐스팅이 되어서 회사와 계약을 하고 첫 작품부터 주인공 자리를 꿰차는 경우도 있고, 여러 소속사가 당장의 실력보다는 나이가 어리고 주인공으로서 가능성 있는 신인을 찾는 경향도 분명히 있습니다.

하지만 주변에 배우 회사로 익히 알려지고 어느 정도 자리를 잡은 메이저 회사들을 보면 꼭 외모와 이미지만으로 평가하지 않습니다. 그보다는 지금 당장이라도 오디션에 갔을 때 제작진이 선택할 만한 실력이나 성장할 수 있는 스펙과 마인드를 갖춘 신인을 선호합니다.

만약 누가 봐도 매력 있고 출중한 외모라면, 소속사를 찾기 이전에 오히려 연기 경험을 쌓고 어느 정도 현장 경험을 해 본 후에 지원하는 편이 낫습니다. 스스로 가치를 증명할 수 있다면 그게 가장 현명한 방법이고 소속사도 분명 당신을 알아볼 것입니다.

Q2_기획사에 들어가고 싶은데 나이도 많고 외모도 별로예요

20대 후반에 연기 전공자로 연극이나 독립영화 경험도 있어서 배우로서 목표가 확고한 편입니다. 평소에는 주로 제작사나 방송사에 프로필을 돌리고 오디션 소식을 기다립니다. 그러나 출연해도 대부분 단역입니다. 기획사에 들어가고 싶어 미팅했지만, 대부분은 제 나이가 많아서 부담스러워하고 외모도 출중하지 않아서 관심을 두지 않습니다.

— 아마 대부분의 지망생이 하는 고민일 것입니다. 혼자서 하자니 분명히 한계가 있고 그렇다고 소속사에 들어가고 싶어도 쉽지 않죠. 소속사에 들어가야 비중 있는 역의 오디션도 보고 성장도 할 텐데 혼자서 영업도 해야 하니 오디션 기회도 자주 없고 늘 제자리인 듯한 느낌이 들 것입니다.

이런 경우에는 그럼에도 불구하고 혼자 할 수 있을 때까지 끊임없이 문을 두드려야 합니다. 배우로서 가능성을 알아봐 주는 소속사와 계약하면 좋지만, 그게 여의치 않을 때는 계속해서 회사를 찾기보다 우선은 스스로 어느 정도 가치를 올려놓을 필요가 있습니다. 적어도 어떤 작품이든 고정적인 역할을 맡아서 눈도장을 찍을 수 있는 정도는 되어야 합니다.

배우 류준열만 해도 저예산 영화인 〈소셜포비아〉에서 '양게' 역으로 강렬한 존재감을 보여 주었습니다. 이후 〈응답하라 1988〉에 주연급으로 캐스팅되면서 수십 개의 회사로부터 러브콜을 받았죠.

소속사가 뽑아 주길 기다리지 않고 실력을 쌓아 소속사가 거꾸로 찾아오게 만든 좋은 사례입니다. 소속사 없이 〈응답하라 1988〉 같은 인기 드라마에 캐스팅되는 건 거의 불가능에 가깝다고들 합니다. 하지만 주위에는 류준열처럼 스스로 존재감을 알리고 회사가 먼저 찾아오게 하는 배우들이 분명 있습니다.

Q3_제자리만 맴도는 것 같아요

서른이 넘은 나이. 나름 드라마에서 조연도 해 보고 영화, 연극, 웹드라마 등 매체를 가리지 않고 활동했었죠. 전에는 소속사도 있었는데 별로 도움이 되지 않는 것 같아 지금은 혼자서 활동합니다. 하지만 혼자 활동하니 앞이 보이지 않고 특히 나이가 있다 보니 더욱 많이 고민됩니다. 계속 배우를 하고 싶지만 현실적인 부분에서 끊임없이 고민하게 되고 문제에 부딪히게 됩니다. 지금 상황에서 돌파구는 없을까요?

어느 정도 현장 경험도 있고 나름 열심히 살았다고 자부하는데 지금 와서 돌아보니 해 놓은 게 없다고 느낄 수도 있습니다. 그런데 경력은 거짓말하지 않습니다. 쉬지 않고 끊임없이 해 왔다는 게 중요합니다. 경력의 단절보다는 꾸준히 활동을 이어가는 편이 낫습니다.

문제는 캐릭터의 비중이나 작품적으로도 뭔가 성장하는 모양새여야 하는데 그게 마음처럼 쉽지만은 않습니다. 조금씩 스펙트럼을 넓혀 가며 올라가고 있다면 다행이지만, 시간이 흐를수록 반드시 올라가리란 법도 없습니다. 대부분은 계단식으로 성장하거나 오르락내리락을 반복하며 올라가는 경우가 많습니다. 그래서 길게 보면 어느 사이에 올라왔다는 느낌이 들지만 그 과정에서 만족감을 얻기란 쉽지가 않죠.

게다가 소속사 없이 혼자서 영업까지 하려면 기회 면에서 한계를 느끼는 일이 많을 것입니다. 그나마 눈에 띄는 역할은 보통 소속사 있는 배우들이 가져가서 틈새에서 살아남으려면 전쟁처럼 고군분투할 수밖에 없습니다. 타이밍과 운도 따라야 하고 인연도 잘 만나야 합니다.

다행인 건 플랫폼과 콘텐츠 수가 늘고 있고 새로운 신인 발굴에 대한 니즈 역시 커지고 있다는 사실입니다. 거기에는 어떤 뾰족한 비결이나 지름길은 없습니다. 성공한 배우 중 그 누구도 이렇게만 하면 성공한다고 얘기해 주는 걸 들어 본 적이 없습니다. 그렇지만 대부분은 하다 보니까 됐다고 말합니다. 하다 보니까……. 그게 정답일지도 모를 일입니다.

0 4_ 소속사나 매니저에 대해 신뢰가 없어요

대학교에서 연기를 전공했고 비교적 어린 나이에 소속사와 계약하게 되었습니다. 그곳은 잘 알려지지는 않았지만 중견 배우도 몇 분 계시고 대표

님이 저에 대한 의지가 확고하다고 생각해서 계약했죠. 하지만 계약한 지 1년이 넘어가는데 오디션 기회도 별로 없고 회사에서 별다른 지원도 없는 상황입니다. 오디션에 가서도 결과가 좋지 않으면 회사에서 질책을 받다 보니 점점 자신감도 떨어집니다. 매니저도 저에 대한 관심이 없어진다는 게 느껴질 정도입니다. 그러다 보니 계약 기간은 많이 남았는데 앞으로 어떻게 해야 할지 고민됩니다.

소속사와 계약하고 후회하는 경우가 종종 있습니다. 이유는 여러 가지겠지만 아마 처음 회사에 들어갔을 때는 핑크빛 미래를 기대했을 겁니다. 그러나 시간이 지나다 보면 단점도 보이고 실망도 커지죠. 자꾸 주변 선배나 동료들과 비교하다 보면 위축이 되기도 하고 남이 가진 게 더 커 보입니다.

어쩌면 결혼 생활과 비슷해 보입니다. 예상대로 계획대로 되는 일이 거의 없기 때문이죠. 사실 신인일 때는 기회를 얻기도 쉽지 않고 특히 빠른 기간 안에 원하는 대로 성장하기가 어렵습니다. 그래서 시간이 흐르면 흐를수록 회사는 회사대로, 배우는 배우대로 서로에게 실망하기 쉽습니다.

다양한 배우 매니지먼트와 일을 해 보면서 완벽한 회사는 없다는 걸 어느 정도는 알게 되었습니다. 어느 회사나 단점이 있습니다. 회사 브랜드가 좋고 시스템을 잘 갖췄어도 역량이 떨어지는 매니저와 함께 일하면 불만일 수밖에 없고, 인성

좋고 나에게 잘해 주는 매니저를 만났지만 기회를 만들지 못하거나 게으르면 그것만큼 안타까운 일도 없습니다. 그런 단점이 발견될수록 빨리 거기에서 벗어나고 싶다는 생각부터 하는데 그때부터는 안 되는 이유를 내가 아닌 남에게서 찾게 됩니다.

그럴수록 냉정하게 생각해 볼 필요가 있습니다. 회사와 상의를 하고 풀 수 있는 일인지 혹은 내가 부족해서 생긴 일은 아닌지부터 되돌아보세요. 결론은 꼭 계약 해지가 문제의 해결책이거나 탈출구가 아니라는 점입니다.

그래서 회사를 계약할 때에는 굉장히 신중해야 하고 계약했으면 단점이 보여도 문제점을 해결해 나가려고 노력해야 합니다. 충분한 노력을 했음에도 신뢰가 무너지면 그 이후에는 과감히 다른 방법을 찾아야겠죠.

"꿈을 좇는 게 왜 허세야?
우린 뭐든 꿈꿀 수 있어."

영화 〈싱 스트리트〉

앞으로 어떻게 해야 될까?

"연기 경험이 없습니다."
"학교에서 정식으로 연기를 배운 적이 없습니다."
"아직 오디션을 본 적이 없습니다."

배우가 되고 싶은데
이런저런 이유로 망설이고 있나요?
시작도 하지 않았는데 이미 뒤쳐져 있다는 느낌이 들거나
'부족한 내가 과연 할 수 있을까?'라는 의심이 드나요?

결심했다면 일단 저질러 보세요.
시작하지 않은 걸 더 후회할 수도 있잖아요.
부족한 걸 알고 있다는 사실만으로도
충분히 시작할 이유가 될 수 있습니다.

배우로서 우선순위를
생각해 본 적이 있나요?

'지금 내게 가장 필요한 건?'

지망생들에게 이 질문을 하면 대부분 '기회'라고 답하겠지만,
저는 '자신에게 가장 부족한 부분부터 챙겨야 한다'고 말하고
싶습니다. 지망생들과 대화를 하다 보면 앞으로 어떻게 해야
겠다는 계획보다 지나온 과정에 연연하는 모습들을 많이 보게
됩니다.

"감독님 오디션에서 최종까지 갔었는데, 사정이 생겨서
안 됐고 소속사를 계약했는데 문제가 있어서 나왔어요……."

정말 많은 지망생이 본인에게 아쉬웠던 순간 혹은 후회하
는 일들부터 얘기를 꺼냅니다. 그런 과정들이 배우의 상황을 이
해하는데 어느 정도 도움이 될 순 있습니다. 하지만 정작 앞으로

계획을 물으면 쉽게 대답하지 못하는 경우가 많습니다.

"프로필 사진도 새로 찍어야 하고 소속사도 알아봐야 하고 오디션 기회도 있으면 좋고⋯⋯."

해야 할 건 많은데 어디서부터 손을 대야 할지를 모르는 상황에 맞닥뜨리죠. 마음은 급한데 무엇 하나 정리되는 것도 없고 어제와 오늘이 별반 다르지 않다 보니 더욱 지치고 막막해집니다.

그럴 때는 우선순위를 정해야 합니다. 앞서 얘기한 여러 가지 배우의 스펙 중에서 본인에게 가장 부족하고 절실한 부분부터 파악해야 합니다. 연기를 제대로 배워 보지도 않고 기회만 바란다든지, 소속사가 필요한 시점인데 계속해서 혼자이길 고집하는 것 역시 우선순위를 제대로 고민해 보지 않아서입니다.

해야 할 일이 많다고 느낄수록 우선순위를 고민해 보세요. 어차피 배우에 도전하는 일이 여러 일을 동시에 도전하면서 꾸준히 성장해야 하지만, 그럴수록 하나씩 해결해 가야 합니다. 배우로 성장하기 위해서 보내는 시간을 무엇 하나에만 쏟을 수 없다는 고충도 압니다. 오디션 지원, 연기 연습, 프로필 작성, 소속사 문의 등등 여러 가지 일을 동시에 신경 써야겠죠. 하지만 이런 일을 의지만으로 성취할 수 없고 보상을 받는다는 보장도 없습니다.

그래서 선택과 집중이 중요합니다. 하나씩 해결해 나가다 보면 지치지 않고 꾸준히 도전할 수 있습니다. 우선순위대로 하나씩 준비하다 보면 성취감과 자기만족을 근거로 단단해진 자신을 발견할 수 있습니다. 바쁘고 막막할수록 우선순위를 정해 보세요. 그게 첫 번째 계획의 시작입니다.

꿈을 다독이는 계획의 힘

"배우로서 목표를 달성하기는 쉽지 않을 것입니다. 대부분 목표에 도달하지 못할지도 모릅니다. 하지만 목표를 달성하지 못했을 때 왜 못했는지에 대한 이유를 묻고 복기를 한다면 다음에는 분명 더 잘할 수 있습니다. 계획이 없으면 그만큼 반성의 기회도 줄어들 수밖에 없습니다."

배우 지망생에게 조언했을 때 가장 크게 공감하는 것 중 하나가 계획의 필요성입니다. 배우로 산다는 게 앞날을 예측하기도 힘들고 계획대로 되지도 않는다지만, 그럴수록 더욱 계획성 있게 살아야 한다고 강조합니다.

그 이유는 첫 번째, 그래야 지치지 않을 수 있습니다. 배우의 길은 끝이 없고 기약도 없는 마라톤입니다. 구간을 정해놓지 않고 오로지 최종 목적지인 성공을 꿈꾸며 달리다 보면 지칠 수밖에 없습니다. 몇 달이든 몇 주든 구간을 정해 놔야 중간 점검을 해 가며 성취감도 느끼고 다시 달릴 에너지도 충전할 수 있습니다. 잠시 쉬며 숨도 고르고 한 단계 더 올라가기 위해 계획도 수정하고……. 이런 패턴이 이어져야 계속해서 달릴 수 있습니다.

계획이 필요한 두 번째 이유는 스스로 돌아보고 반성할 수 있기 때문입니다. 예를 들어 "앞으로 6개월 동안 오디션 20번에 도전해 봐야지"라고 우선순위를 정하고 다짐했다면, 다른 생각은 접고 오로지 그 기간에는 목표에만 충실하면 됩니다. 그러고 나서 6개월이 지났을 때 잘했던 점과 부족했던 점을 돌아보면 됩니다.

계획을 세워 하나씩 실행하다 보면 꿈은 어느새 가까이 다가와 있을지도 모릅니다. 실행 가능한 목표를 세워 지금 할 수 있는 최선을 다하는 것이 중요합니다.

한 뼘씩 성장하고 싶다면
실행 계획을 세우세요

배우 매니지먼트를 경영하면서 처음에는 예측할 수 없는 일을 계획해야 할 때 가장 힘들었습니다. 사업을 위한 경영 계획을 세워야 하는데 배우의 일이 단기간을 예측하는 것조차 힘들 때가 많았기 때문입니다.

어떤 배우는 1년에 영화 1편, 드라마 1편을 출연 계획으로 잡았지만 결국 본의든 타의든 간에 한 작품도 하지 못할 때도 있습니다. 또 기대 이상으로 운 좋게 작품이 연이어 잘되어서 계획보다 훨씬 잘 풀리는 경우도 있죠.

그뿐만 아니라 새로운 배우의 영입이나 기존 배우의 계약 해지 등은 계획에 반영하는 것 자체가 어려워서, '매니지먼트에서 경영 계획이라는 게 어느 정도 실효성을 가질까?'

라는 의구심이 들기도 했습니다.

그럼에도 불구하고 경영 계획은 필요합니다. 매니저들은 목표를 향해 꾸준히 영업해야 하고, 회사도 경영 목표를 달성하려면 긴축재정을 하거나 조직 구성에 변화를 주기도 해야 합니다. 그렇게 하는 이유는 단 하나, 바로 성장에 초점을 맞추기 때문입니다.

사업이든 배우든 결국은 성장하지 않으면 사업이 존속할 이유가 없게 됩니다. 그게 수익적 성장이든 가치적 성장이든 회사와 배우는 지속적으로 성장하기 위해 일을 도모합니다. 그러기 위해 계획이 필요하고 목표를 달성하려면 함께 애를 써야 하고 그에 따른 책임도 져야 합니다.

계획을 세울 때 단순히 목표를 세우는 데에만 그치지 않았으면 좋겠습니다. 흔히 다이어트 계획을 세우면 언제까지 몇 킬로 감량이라는 계획을 세우고 도전하는 경우가 많은데 그건 계획이 아니라 목표 설정 중의 하나일 뿐입니다. 만약 체중 감량이 목표라면 체중 감량을 위한 구체적인 실행 계획이 필요합니다.

실행 계획이라는 건 기간을 설정하고 그 기간 내에 목표를 이루기 위한 세밀하고 구체적인 계획이 뒷받침되어야 합니다. 만약 올해 목표가 '영화나 드라마에서 대사 있는 고정 역할에 도전하기'라고 한다면 이에 필요한 세부 계획까지 같이 수립해야 합니다. 장기적인 계획인지 단기적인 계획인지에 대한 구분도 필요하고, 매일 이뤄지는 활동과 정기적으로 이뤄지는 활동에 대한 구분 역시 필요합니다.

계획은 계획일 뿐 그보다는 실행이 중요합니다. 계획은 지켜지지 않을 확률이 높습니다. 상황은 계속해서 바뀌고 언제 어디서든 변수가 생기기 때문에 계획대로 되는 일은 지극히 드뭅니다. 그것까지 감안해서 실행 계획만큼은 무슨 일이 있어도 반드시 지킨다는 각오로 해야 합니다.

누구도 당신이 계획대로 살지 않았다고 비난하지 않습니다. 그에 대한 책임과 비판은 스스로의 몫입니다.

쓸수록 꿈에 다가가는
소확행 다이어리

소소한 계획을 달성했을 때의 성취감은 분명 더 큰 꿈을 향해 나아가는 원동력이 되어 줍니다. 희망은 분명 배우 지망생들에게 버티는 힘이 되어 주죠. 힘든 시절을 묵묵히 버티다가 성공한 선배들의 이야기도 버티는 힘이 되어 줍니다. 그러나 "나에게도 언젠가는 기회가 올 거야."라는 막연한 믿음과 희망만으로 오래 버티기란 생각만큼 쉽지 않습니다. 기간이 길어질수록 희망은 색이 바래고 현실적인 고민은 잊을 만하면 또 찾아와서 괴롭히기 마련입니다. 이럴 때 필요한 처방이 바로 성취감입니다.

어쩌면 배우 지망생으로서 성취감을 느끼면서 산다는 건 쉽지 않은 일일지도 모릅니다. 목표와 현실 사이에 갭이 크고 노력한 만큼 보상을 얻는 편도 아니기에 더욱 그렇습니다.

하지만 소확행처럼 소소한 계획을 달성할 때의 성취감은 분명 더 큰 꿈을 향해 나아가는 원동력이 되어 줍니다. 그래서 계획을 세울 때는 이상적인 계획도 좋지만 짧은 시일 내에 달성할 수 있는 실현 가능한 계획도 필요합니다.

예를 들어 프로필 사진을 한 달 후에 찍기로 했으면 본인 몸을 한 달 동안 부단히 가꿔야 합니다. 그것이 지금 당장 꿈을 이루는 일과는 먼일이라고 생각할 수 있습니다. 하지만 분명 스스로에게 자신감을 선물하며 더 큰 계획을 향해 한 발 내딛게 하는 힘이 되어 줄 것입니다.

그래서 계획을 세울 때는 가능한 한 짧게 그리고 현실적으로 잡아 보길 바랍니다. 한 달 후의 나의 변화, 석 달 뒤의 나의 성장을 하나씩 그려 보고 성취감을 맛보면서 도전하다 보면, 어느새 긴 마라톤을 안정적으로 달리는 자신을 발견하게 될 것입니다.

언제든 보여 줄 준비가 됐나요?

무슨 일이든 지속하는 것만큼 위대한 일은 없습니다. 우리는 대부분 지속적으로 일을 하지 못해서 실패하기 때문입니다.

작가 존 그리샴이 말하는 소설 쓰기의 첫 번째 팁은 '매일 한 페이지씩 쓰기'입니다. 김연수 작가 역시 산문《소설가의 일》에서 꾸준함을 강조했습니다.

"먼저 소설가가 되어야만 소설을 쓸 수 있는 게 아니라 먼저 뭔가를 써야만 소설가가 될 수 있다."

글쓰기에만 국한된 말이 아니라고 생각합니다. 배우 지망생들에게 무언가 꾸준히 하는 게 있냐고 물어보면 보통 장황하게 대답합니다. 운동도 하고 오디션도 알아보고, 사람들도 만나고 연기 연습도 틈틈이 한다고.

하지만 아직까지 지망생 중에서 그런 모든 활동을 지속하는 사람은 거의 본 적이 없습니다. 일련의 활동들을 매일 꾸준히 한다기보다, 대부분은 그때그때 필요한 일들을 해 보는 식입니다.

중요한 건 매일 반복적으로 해야 한다는 점입니다. 그게 운동이든 연기 연습이든 사람을 만나는 일이든 지속해서 일을 해 나가면, 어떻게 되든 결과물이 나오게 되어 있습니다. 보통은 결과를 맺기 전에 기다리지 못해서 포기하죠.

매일 반복하는 일은 단기간에 결과를 기대하지 않는 편이 좋습니다. 40년 이상 냉면을 만든 냉면 장인이 어느 날 갑자기 '내가 냉면의 장인이 되었다'고 하지 않듯, 자신이 배우의 길을 택했으면 당연히 매일 해야 하는 숙제로 받아들여야 합니다. 연기 연습을 매일 한다고 해서 보상이 언제 이뤄질지는 아무도 모릅니다.

보상은 누군가로부터의 인정일 수도 있고 좋은 기회를 잡는 끈이 될 수도 있습니다. 하지만 결과물을 바라면서 매일 시간을 할애하는 건 실망이 따르므로 금세 지칠 수밖에 없습니다. 그저 삼시 세끼 밥을 챙겨 먹듯 배우로서 당연히 해야 하는 일이라고 마음가짐을 굳게 하면 지속해 나갈 수 있습니다.

한 신인이 회사에 찾아와서 상담했습니다. 신인들이 많이 고민하는 소속사와 오디션에 대한 대화를 나눴습니다. 그 신인에게 연기를 한번 보고 싶다고 즉석에서 주문했는데, 전혀 예상을 못 했는지 당황하면서 지금 준비가 안 되었으니 참고해서 봐 달라고 했습니다. 결과는 역시나 준비가 안 되어 있었습니다. 그 신인은 본인에게 기회만 주면 잘할 자신이 있다고 했고, 저는 그 순간 신인에게 기회를 주었습니다. 하지만 준비가 안 되었기에 기회를 잡을 수가 없었죠.

배우라면 연기를 생활의 일부로 만들어 보세요. 보통 기회는 예고 없이 찾아오고 준비된 사람은 그럴 때 자연스럽게 보상을 받습니다. 그리고 수많은 선배가 이미 증명했듯이 꾸준함은 반드시 보상받게 되어 있습니다.

함께의 가치

고군분투하는 지망생들을 보면 참 안타깝습니다. 그들은 주변에 마땅히 물어볼 사람도 없고, 조언을 구하거나 믿을 만한 인맥이 없다는 말을 종종 합니다. 혼자 알아서 준비하는 지망생이 생각보다 많다는 사실도 알게 되었습니다.

배우를 꿈꾸는 일이 흔치 않아서 관련 학교를 나오거나 전공하지 않으면, 같은 꿈을 꾸고 도전하는 동료들을 만나기도 쉽지 않습니다. 그러나 가급적이면 친구나 선배와 함께 준비하면서 서로 의지하며 도전하기를 권합니다.

우선 혼자 도전하는 것 자체가 외로울 수밖에 없습니다. 성향상 "난 혼자가 편해"라고 말할 수도 있지만 지속적으로 자기반성을 하며 스스로를 콘트롤하는 건 여간 어려운 일이 아닙니다. 여럿이 함께하면 일단 정보와 네트워크 면에서 서로

시너지가 납니다. 오디션 정보라든지 연기에 대한 고민이나 조언이라든지. 비록 뾰족한 답을 얻지 못해도 분명 혼자서 할 때보다 자극을 받거나 힘을 얻을 때가 많을 것입니다.

혹자는 "어차피 배우는 혼자 스스로 해야 하고 곁에 있는 사람도 경쟁자 아니야?"라고 물어볼 수 있습니다. 그러나 주위에 있는 사람은 경쟁자가 아닌 동료입니다. 같은 곳을 향해 떤다면 분명히 의지할 만한 메이트가 되어 줄 것입니다. 경쟁자는 주변에 있지 않고 항상 보이지 않는 곳에 있는 법이기 때문입니다.

함께하는 동료를 구할 때는 가급적 본인보다 경험이 많은 사람과 함께하는 편이 좋습니다. 보통 스터디를 할 때 본인과 비슷한 처지의 친구들하고만 하는데, 그러면 개선점을 찾아내기도 어렵고 서로에게 자극을 주거나 뭔가 깨우치면서 발전하기가 어려울 수도 있습니다.

경험이 많거나 연기에 대해서도 어느 정도 지적할 수 있는 사람과 함께하면 서로 자극도 되고 성장 속도도 빠를 수 있습니다. 경험이 있는 선배 입장에서는 불리하지 않으냐고 말할 수 있지만 그렇지 않습니다. 후배들을 보면서 스스로를 돌아볼 수도 있고 더욱 자신감을 얻게 될 수도 있습니다.

여럿이 함께할 때는 계획표도 공유하면 좋습니다. 가능하면 본인의 계획을 널리 알리세요. 가장 어려운 일 중 하나가

자신과의 약속입니다. 계획을 공유하면 아무래도 책임감이 강해질 수밖에 없습니다.

헬스장에서 운동을 할 때 굳이 비싼 돈을 들여서 PT를 하는 이유 중의 하나가 트레이너의 "하나 더!" 이 한 마디 때문이라고 합니다. '이제 더 못 하겠다'는 체력적인 한계를 느낄 때 트레이너가 "하나 더!"라고 외치면 마지막 힘까지 쥐어짜게 되고, 바로 그 순간 운동 효과가 가장 높다고 합니다.

성과가 없어 상대가 지쳤을 때 "조금만 더!"를 외쳐 줄 수 있는 파트너가 되세요. 분명 당신이 슬럼프에 빠져 내려놓고 싶을 때 옆에서 다독거려 줄 페이스메이커가 되어 줄 것입니다.

"세상에 놓인 장애물을 넘어 벽을 허물고
더 가까이 서로를 알아 가고 느끼는 것,
그것이 바로 우리가 인생을 살아가는 목적이야."

영화 〈월터의 상상은 현실이 된다〉

두 번째 질문

부딪쳐 보자

오디션의 모든 것

드디어 오디션에 관한 글입니다.
어쩌면 책을 펴자마자 목차 중 가장 먼저 눈길이 가서
맨 처음 읽게 될 챕터일지도 모르겠습니다.

전작 《배우를 찾습니다》에서 오디션을 언급했는데
'오디션에 정답이 없다'는 정도로 갈음해서
아쉬운 면이 있었습니다.

이번 기회에 오디션에 대한 마인드부터
준비 방법이나 실전 팁에 이르기까지
좀 더 구체적으로 얘기를 해 보고 싶습니다.

열심히 하는데
같은 자리를 맴도는 이유

배우 지망생 A의 하루

A는 성실하다. 오전에 카페에서 알바를 하고 2시쯤 끝나면 제작사 프로필 투어에 나선다. 그의 휴대폰에는 현재 오디션 진행 중인 제작사 리스트가 있다.

예를 들어 강남 지역 카테고리에 '제작사 ○○, 영화 ×× 캐스팅 진행 중, 주소……' 이런 식으로 몇 개의 회사 정보가 들어 있다. 정성스럽게 출력한 프로필을 10장 정도 가방에 넣고 제작사를 돌아다닌다. 대부분 제작사는 입구에 프로필 바구니를 비치한다. 수북이 쌓인 프로필 위에 조금이라도 눈에 띄게 하려고 포스트잇도 붙이고 맨 위에 보이게끔 프로필 함에 담고 다음 제작사로 향한다.

이렇게 서너 군데 돌아다니고 저녁이 되면 배우를 준비하는 친구들과 연기 스터디를 한다. 서로 준비한 연기를 보여 주고 피드백을 하면서 몇 시간을 보내면 어느덧 밤이다. 집으로 돌아와서 좋아하는 영화를 다시 보기 하면서 '오늘 하루도 열심히 살았다'고 위안해 보며 또 내일을 위해서 잠을 청한다.

이 배우 지망생 A는 착실하게 배우를 준비하고 있습니다. 분명 칭찬받을 만합니다. 사실 이렇게 매일 배우가 되기 위해 꾸준히 도전하기도 결코 쉽지 않습니다. 이런 노력이 지속해서 이어지고 실력이 향상된다면 좋은 기회도 잡을 수 있겠죠. 하지만 한 가지 방법적인 면에서 조금 아쉽습니다. 그 이유는 남들도 다 그렇게 하고 있기 때문입니다. 지극히 당연히 하는 일일수록 스스로에 더욱 질문해 볼 필요가 있습니다.

"과연 프로필을 왜 돌리고 있는 걸까?"

"어떻게 하면 내가 남들과 다르게 인정받을 수 있을까?"

그런 고민 없이 모든 일을 관성적으로 하면 결국 그 자리를 맴도는 것처럼 느낄 수 있습니다.

제게 찾아오는 신인들을 보면 지나칠 정도로 소심한 경우가 있습니다. 벨을 눌러서 "프로필 전하러 왔습니다." 하고 말이라도 하면 그나마 용기 있는 편이고, 우편함에 넣고 그냥 가는 경우도 많습니다.

"사전 약속 없이 와서 괜히 일하는데 방해가 되지 않을까?" 하는 마음에 조용히 프로필만 두고 가는 것 역시 알고 있습니다. 그래도 먼 길을 고생해서 왔을 텐데 잠깐의 두드림도 없이 발길을 돌리는 친구들을 보면 안타깝습니다. 등산을 시작했으나 정상을 앞두고 내려가는 모양새랄까. 결국 만나든 안 만나든 캐스팅이나 계약은 감독이나 제 몫인데, 스스로 지레짐작해서 포기하는 모습을 보면 아쉬울 때가 있습니다.

문만 열고 들어가서 인사라도 하고 가면 어떨까요. 멀리서 시간을 들여서 왔는데 물 한 잔만 마시고 간다고 소신 있게 말해 보면 어떨까요. 그러다 보면 직원 누군가와 잠깐의 이야기를 나누게 되고 또 다음을 기약할 수 있는 인연을 만날지도 모릅니다.

남들이 하는 방법을 참고하되 본인만의 루틴을 만들어야 합니다. 그러기 위해서는 우선 지금 하는 일들을 '왜' 해야 하는지에 대한 고민부터 출발해야 합니다. '왜'에 대한 해답을 찾으면 그 이후부터는 행동과 방법 또한 달라집니다.

부딪쳐 보세요. 그것도 남다르게!

남들이 가는 길을 따라가서는 잘해 봐야 남들처럼 될 수밖에 없습니다.

오디션은 정말 운일까?

배우 김희원은 CGV '배우토크'에서 "어떻게 하면 오디션에서 떨지 않을 수 있죠?"라는 질문에 다음과 같이 답했습니다.

"오디션을 보는 5분이라는 시간 동안 한 사람의 매력을 아는 건 불가능합니다. 오로지 느낌으로 판단하는 거죠. 복권을 살 때 감히 1등이 될 거라는 기대를 하지 않으니 떨지 않듯이, 오디션에서도 1등이 될 거라는 욕심만 버리면 떨 이유가 없습니다. 오디션은 운이라고 보면 됩니다."

이와 비슷한 맥락의 대답을 여러 연기자가 했습니다. 그들 중 누구도 자신이 중요한 오디션에서 캐스팅된 이유가 '남들보다 월등히 좋은 실력' 때문이라고 말하는 걸 들어본 적이 없습니다. 겸손의 표현일 수도 있지만 대부분은 뛰어난 실력을 갖추고도 '수없이 오디션에 낙방하다 운 좋게 붙었다'는 이야기를 많이 합니다.

그 이유는 간단합니다. 오디션은 1등만 뽑기 때문입니다. 2등도 떨어지고, 잘해도 떨어집니다. 2등을 연속으로 세 번 했어도 결과는 오디션에 3번 연속 떨어진 것이나 다름없기 때문입니다.

오디션을 운이라고 부르는 이유는 단순히 참가자의 실력으로만 판단할 수 없기 때문입니다. 그동안 숱한 오디션 심사에 참여하면서 참가자의 실력도 실력이지만 참 다양한 변수들이 당락을 결정짓는다는 것을 느꼈습니다.

예를 들어 배우가 이제 막 오디션에서 연기를 시작하려는 순간 감독이 "저 보고 연기하지 마세요."라고 한마디 하면 멘탈이 흔들릴 수도 있습니다. 배우가 연기하는 동안 감독은 다른 생각들이 마구 떠오를 수도 있죠. 작품에 대한 구상에서부터 오디션과는 전혀 상관없는 개인적인 일이나 저녁 메뉴에 대한 고민일 수도 있습니다. 캐릭터에 대한 구상이 어제와 오늘이 다를 수도 있습니다.

또 어떤 사람은 연기가 끝난 후 심사위원들끼리 얘기를 나눌 때 개인적으로 후한 평가를 했지만, 다른 사람들이 반대하니 "그래, 그럼 다른 사람으로 뽑자."라고 쉽게 본인의 의견을 포기하기도 합니다.

여기에 열기한 조건 말고도 실로 수십 가지의 변수가 오디션의 시작과 끝에 존재합니다. 기본적으로 참가자의 실력이 중요하지만 실력만으로 판가름 나지 않는 이유는 오디션장의 공기까지도 당락에 개입하기 때문이다.

이런 운은 누구에게나 적용될 수 있습니다. 중요한 건 운은 실력 다음의 문제라는 점입니다. 실력을 갖추지 않고 운만 바라면 이미 떨어질 운을 갖춘 것이나 다름없습니다. 보통 오디션을 진행하면 어느 오디션이든 꼭 최종까지 가는 신인들이 있습니다. 그런 신인들에게 '운이 좋다'고만 말할 수는 없습니다.

역량은 역량대로 갖춘 후 운에 맡기는 마음가짐이 필요합니다. 오디션에 정답은 없지만 실력만큼 정답에 가까운 조건 또한 없기 때문입니다.

할 수 있는 걸 보여 주고 온다는 느낌으로

'내가 좋아하는 사람이 나를 좋아하지 않는 이유.'
'오디션이나 면접에서 잘했다고 생각했는데 떨어지는 이유.'
'이번에는 예감이 좋았는데 연락이 오지 않는 이유'.

이 모든 게 어쩌면 '잘 보이려고' 해서 생기는 일들이 아닐까 생각합니다. 누군가에게 '잘 보여야지'라고 생각하면 호흡이나 목소리, 표정과 제스처까지 평소답지 않게 부자연스럽게 됩니다.

소개팅에서 괜찮은 이성을 봤을 때를 떠올려 보세요. 메뉴를 고르는 순간부터 생각이 많아지고 어색한 침묵을 모면하고자 농담을 던지는데, 나중에 집에 가서 생각해 보면 후회할 만한 말들로 가득했죠. 신기한 건 제가 잘 보이려고 노력하면 할수록 상대는 미묘한 불편함을 감지한다는 사실입니다. 한쪽이 평소에 쓰지 않던 안면 근육까지 쓸 정도로 부자연스러운 기류를 만드는 순간, 둘 사이에 적당히 유지해야 할 텐션도 무너지게 됩니다.

오디션장에 가 보면 과하다 싶을 정도의 표정과 리액션을 하는 신인들을 보게 되는데, 그 점이 매력으로 다가온 적은 거의 없습니다. 오히려 그럴 때마다 팔짱을 끼고 뒤로 살짝 물러날 만큼 왠지 모를 불편함이 드는 게 사실입니다. 상대는 그저 잘 보이고 싶었을 뿐인데⋯⋯.

지금 운영 중인 회사에 관심이 있는 투자자를 만난 자리에서 비슷한 경험을 했습니다. 평소 주변에 얘기하던 소망 대신 뭔가 거창한 꿈을 말해야 할 것만 같고, 빠른 시간 안에 제가 살아온 스토리를 전달하고 증명하려니 목소리는 들뜨고 호흡은 어느새 빨라져 있었습니다. 중간에 화장실에 갔을 때 평소의 나답지 않다는 걸 깨달았고 그 이후부터는 생각을 바꾸고 덤덤히 제 생각을 전달했습니다. 정확히는 잘 보이고 싶다는 생각을 바꾼 순간부터였습니다. 대화 역시 그 이후부터 자연스럽고 매끄러워졌습니다.

오디션에 가는 지망생들에게 이 말을 꼭 해 주고 싶습니다. "잘 보이려고 하지 마라."

마음에 드는 이성이 생겼을 경우 역시 마찬가지입니다. '잘 보이려고' 하기보다 '잘하면' 됩니다. 무엇보다 나다움을 유지하는 게 중요합니다.

오디션 경험도 실력이다

"심사위원은 당신을 압도하는 사람이 아니라 당신이 압도해 주기를 바라는 사람입니다."

유독 오디션에 강한 사람이 있고 그렇지 않은 사람이 있습니다. 연기를 잘하지만 짧은 시간에 본인을 어필하는 능력이 부족한 사람도 있고, 불편한 상황 앞에서 연기할 때 제 실력을 발휘하지 못하는 사람도 있습니다.

하지만 개인이 그러한 성향이 있든 없든 오디션은 야속할 정도로 누구에게나 똑같은 조건을 허용합니다. 오디션

시스템이 본인에게 맞는지 안 맞는지는 중요치 않습니다. 오로지 남들과 똑같은 기회를 부여받고 오디션 심사대에 올라서 살아남아야 합니다. 그래서 오디션 역시 경험이 중요합니다.

한 번은 어떤 신인의 단편 영화를 보고 연기력이 인상 깊어서 상업 드라마의 비중 있는 역할로 추천한 적이 있었습니다. 신인치고는 연극 경험도 풍부하고 스스로 연기에 대한 자부심도 보여서 감독님께도 기대할 만하다고 추천했습니다. 그러나 결과는 좋지 않았습니다. 오디션 초반에 발음이 꼬이더니 계속 실수를 하다가, 결국에는 감독님으로부터 그만해도 좋다는 얘기를 듣고 실력도 제대로 발휘하지 못했습니다.

그 신인이 평소 실력도 못 보여 주고 당황해서 쩔쩔맨 이유는 단 하나였습니다. 그런 상업 드라마 오디션이 처음이었기 때문입니다. 오디션장에 들어선 순간 다섯 명 정도의 심사위원과 두 대의 카메라에 빨간 불이 들어온 걸 발견하고 난 후, 예상치도 못한 긴장을 했기 때문입니다.

아무리 강심장이라도 막상 오디션장에 들어서면 숨이 턱 막힐 정도의 압박감을 느낍니다. 생전 처음 보는 사람들이 뚫어지게 쳐다보고 작은 제스처까지 지켜보면서 날카로운 질문을 던지기 시작하면, 아무리 기가 센 사람이라도 당황하지 않을 수 없습니다.

오디션도 일종의 기 싸움입니다. 오디션장에 들어선 순간부터는 눈앞에 있는 심사위원들의 압박도 견뎌 내야 합니다. 오히려 내가 누르겠다는 대담함이 필요합니다. 결국 경험이 답입니다. 오디션 경험을 쌓으면서 실패했던 이유를 생각해 보세요. 그런 과정을 거치면서 처음부터 다시 시작한다는 마음가짐으로 오디션이라는 프로세스 자체를 편안하게 받아들일 수 있도록 시뮬레이션을 많이 해 봐야 합니다. 이번 오디션도 다음 오디션을 위한 연습이라고 생각해도 좋을 만큼.

오디션 심사위원은 당신만큼 간절하지 않다

보통 신인들이 오디션장에 와서 하소연하는 이유는 단 하나, 간절하기 때문입니다. 오디션이 끝날 즈음 마지막으로 하고 싶은 이야기가 없냐고 물어보면 대부분 "꼭 하고 싶습니다!"라고 말합니다. 오늘은 이런저런 이유로 실력 발휘를 못했고 마음만큼은 확고한 준비가 되어 있다는 구구절절한 사연과 함께. 그 간절함을 의심할 사람은 아무도 없습니다. 아마 신인이라면 누구라도 처음부터 끝까지 가장 전하고 싶은 메시지일 것입니다.

가끔 회사를 찾아오는 지망생 중에서도 대화를 나누다

보면 본인의 절박함부터 먼저 얘기하는 친구들이 있습니다. 그런 얘기를 듣고 있으면 마음이 안쓰럽기도 하고 꼭 잘됐으면 좋겠다는 응원도 하게 됩니다.

하지만 그게 우리 회사, 제 작품으로 계약을 앞두고 결정해야 한다면 얘기가 달라집니다. 작품이든 회사든 여러 사람의 앞날이 걸린 일이라 계약에 감정이나 동정심이 개입될 여지가 거의 없습니다. 이번 작품으로 성공할지 망할지도 모르는 마당에 "당신 사정이 딱하니 쓸게요"라고 마음먹을 제작자도 아마 없을 것입니다.

굳이 절박함에 호소하지 않아도 됩니다. 당신의 간절함은 눈빛으로도 충분히 표현할 수 있습니다. 이성에게 사랑의 메시지를 전할 때 굳이 "당신을 사랑해요. 제 마음을 받아 주세요."라고 직접적으로 메시지를 보내지 않아도 본인의 간절함을 전하는 방법은 다양합니다. 상대가 받아들일 준비가 되어 있지 않은데 메시지만 전하는 건, 상대에게 불편함만 주게 될 수도 있습니다.

제작진은 당신만큼 간절하지가 않습니다. 그들의 미션은 배역에 적합한 인물을 찾는 것일 뿐. 간절함을 보여 주려면 다른 방법, 다른 메시지로 보여 줘야 합니다. 그 첫 번째가 연기일 것입니다. 애원하고 매달린다고 해서 상황은 크게 달라지지 않습니다.

결국 오디션은

오디션은 상대 평가입니다. 수십 명 혹은 수백 명의 사람 중에서 단 1명을 뽑는 무시무시하고 냉정한 싸움입니다. 무난한 90점보다 오답이어도 자신만의 논리로 심사위원을 설득시킨 답안지가 기억에 남고, 다른 역할도 주어질 수 있습니다. 오디션을 하다 보면 어느 오디션에서나 한 번쯤 봤을 법한 대사로 연기하는 신인들이 있는데, 일단 시작부터 기대감이 떨어질 수밖에 없습니다. 마치 노래방에서 여자들이 싫어하는 노래 리스트가 있듯이 심사위원도 뻔한 레퍼토리는 싫어합니다. 노래 선곡이나 대본 선정 역시 오디션에서 매우 중요한 부분인데, 이를 놓치는 신인들이 꽤 많습니다.

그래서 역설적이지만 주어진 문제의 정답을 철저히 준비하기보다는 본인만의 대안을 마련해 가는 편이 좋습니다. 대안이라기보다 필살기에 가까운, 본인이 이것만큼은 가장 잘할 수 있다는 식으로 준비를 하는 편이 좋습니다.

예를 들어 믿을 만한 매니저에게 배우 조우진을 추천받아 제가 진행했던 드라마 오디션에 참여시킨 적이 있습니다. 당시 〈내부자들〉이 개봉하기 전이어서 그야말로 무명 배우였습니다. 하지만 오디션장에 입장하면서도 전혀 긴장하지 않은 듯, 오히려 여유 있어 보여서 인상에 남았습니다(사실 나중에 본인은 긴장했다고 했지만). 오디션 중에도 "경상도 사투리로 한번 해 봐도 될까요?"라며 대본에 없는 설정인데 시도했고, 결국 감독님의 마음에 들어서 기존에 없던 역할을 만들어 캐스팅되었습니다.

준비를 많이 하다 보면 '준비한 만큼 못하지 않을까?' 하는 조바심에 사로잡힙니다. 이 문제가 결국 발목을 잡을 때가 많은데, '틀리지 말아야지'라고 생각한 순간 이미 준비한 만큼 보여 주기 어려울 수 있습니다.

틀려도 좋습니다. 실수하면 다시 해도 됩니다. 발음이 순간 씹혀도 상관없습니다. '잘하는 걸 더 잘하고 와야지'라는 마음가짐이 좋습니다. 쉽지 않겠지만 역할에 대한 욕심이나 간절함은 마음 한구석에 묻어 두세요. 간절함이 지나치면 조심스러울 수밖에 없고 그러다 보면 실수할 확률이 높아집니다. 욕심은 오디션장 밖에다 두고 오는 게 좋습니다. 그리고 간절하지 않은 사람은 없으니 간절함으로만 호소하지 않길 바랍니다.

결국은 튀어야 합니다. 때로는 연기력보다 당돌한 대답이 심사위원들의 마음을 사로잡기도 합니다. 오디션이 끝나고 회의를 하다 보면 색깔이 확실한 편이 더욱 우세합니다. 아이돌이 오디션에서 상대적으로 잘하는 이유는 그들은 누구 앞에서도 위축되지 않기 때문입니다.

제작사에서 알려 주지 않는 것

캐스팅 일을 하다 보면 제작진은 신선한 신인들을 찾고 싶어 하지만
신인 발굴의 몫이 반드시 본인 작품에 있다고 생각하지는 않아 보입니다.
이준익 감독이나 윤종빈 감독처럼 영화에서 주연급의 비중 있는
역할도 과감히 신인을 뽑는 탁월한 발탁을 할 때도 있지만
신인 감독에게는 상당히 버거운 일일 수도 있습니다.

제작비가 많이 들고 누구나 인정하는 감독 혹은 톱 배우가 참여하면,
유명 배우들도 동참하길 바라고 원원할 수 있는 패키지를 만들려고 합니다.
비중이 낮은 조연과 단역은 신인도 캐스팅하면 좋은데
현실은 그마저도 핫한 아이돌이나 라이징 스타에게 돌아갑니다.
그나마 신인을 뽑는 역할을 두고도 수십, 수백 명의 이해관계가 얽혀서
배경 없는 신인들이 그 틈에 끼는 건 기적에 가까운 일일지도 모릅니다.

그래도 그 틈새를 비집고 나오는 새싹들이 있습니다.
1%의 가능성일지라도 치열한 경쟁 틈바구니에서
본인을 각인시켜 오디션 기회를 잡고 능력을 발휘해
멋지게 안착하는 케이스들이 계속해서 나오고 있습니다.

아무리 프로필을 돌려도
연락이 오지 않는 이유

기본적으로 제작사에서는 배우 지망생들의 프로필을 검토할 시간이 충분하지 않습니다. 더 솔직히 말하자면 그들은 당신이 다른 곳에서 이름값을 해 주고 오기를 바라지, 당신의 이름값을 올려 줄 의지는 없다고 보면 됩니다. 그게 제작사에 프로필을 열심히 돌려도 연락이 오지 않는 이유 중 하나입니다.

그래서 단순히 프로필을 부지런히 돌리는 일에만 의지해서는 안 됩니다. 신인들에게 상대적으로 열려 있는 웹드라마나 독립영화 등도 계속해서 두드려야 하고, 지금 당장 기회가 보이지 않아도 동료들과 함께 작업하면서 나를 인정해 줄 보이지 않는 기회들을 만들어 가야 합니다.

무엇보다 나를 인정해 주는 사람을 단 한 명이라도 만들어야 합니다. 대부분은 그렇게 만들어진 하나의 소소한 불씨에서 번져 나가 또 다른 인연을 불러오고, 그러다 보면 좋은 기회를 얻게 됩니다.

그걸 누군가는 운이라고 하지만 사실은 본인이 오랜 시간 공들여 만든 신뢰에서 비롯된 것입니다. 제작사에 아무리 프로필을 넣어도 연락이 오지 않는다고 하소연하기보다는 가능한 다른 방법도 도전해 볼 필요가 있습니다. 단 하나의 불씨를 만들기 위해…….

드라마 오디션 기회를
잡기 어려운 이유

드라마는 보통 제작사에서 고용한 캐스팅 디렉터를 씁니다. 캐스팅 디렉터는 주연 배우를 본격적으로 캐스팅하는 시점부터 시작해서 촬영이 끝날 때까지 담당하는데 기본 4개월에서 5개월 정도는 한 작품에 투입됩니다.

문제는 제작되는 작품 수에 비해서 활발히 활동하는 캐스팅 디렉터가 상대적으로 많지 않다 보니, 그들에게 시간적 여유가 없다는 점입니다. 워낙 제작 기간이 길어서 작품을 겸하는 경우가 보통이고, 조연이나 단역은 시간에 쫓기다 보니 새로운 배우를 발굴하기보다는 기존의 데이터베이스나 그때그때 임시방편으로 쓰는 경우가 대부분입니다. 검증되지 않은 배우를 썼다가 미흡하면 괜히 현장에서 제작진에게 질책

받을 수도 있어서 함께 작품을 해 봤던 배우를 선호합니다. 결과적으로 새로운 배우가 참여할 여지도 줄어들게 됩니다.

무엇보다 어느 정도 비중 있는 역할을 뽑는 신인 오디션은 공지부터 진행까지 걸리는 시간이 무척 짧습니다. 그 이유는 여러 가지가 있는데, 우선 주연 배우의 캐스팅이 더디게 진행되어서 그렇습니다. 요즘은 작품 수가 많은 데 비해 주연 배우가 부족하여 워낙 캐스팅이 어렵다 보니 촬영 날짜를 코앞에 두고 결정될 때가 많습니다. 주인공의 가족이나 주변 인물도 주인공에 따라서 달라질 수밖에 없어서 결국 오디션은 주인공이 결정된 후 진행할 수밖에 없습니다. 그렇다 보니 시간적 여유가 항상 없습니다.

보통의 경우에도 제작진이 오디션 진행 시점을 정하고 실제 오디션을 보는 기간이 일주일이 채 안 될 때가 대부분입니다. 캐스팅 디렉터가 어떤 매니저에게 다음 주에 오디션이 진행되니 배우 프로필을 보내 달라고 연락하는 순간, 온갖 매니저들에게서 연락이 오기 시작합니다. 일일이 미팅을 잡기가 어려울 정도로 매니저들로부터 끊임없이 전화가 옵니다. 하루라도 빨리 오디션 참가자 리스트를 보기 원하는 제작진을 위해 캐스팅 디렉터는 익숙한 배우부터 채워 놓게 됩니다.

그렇다 보니 번갯불에 콩 구워 먹듯 진행되는 오디션에서 소속사 없이 개인으로 활동하는 배우에게 기회가 주어지기란 정말 어려운 일입니다. 매니저들 사이에서도 잠깐 방심한 순간 오디션이 언제 어떻게 진행되는지도 모르게 지나가는 경우가 다반사이기 때문입니다.

　오디션의 관문은 분명 좁고 어렵습니다. 영화든 드라마든 일명 '그들만의 리그'라고 할 정도로 새로운 신인에게는 비집고 들어갈 틈이 없어 보이는 것도 사실입니다. 실력만 가지고 되는 일도 아니다 보니 자칫 무기력하게 느껴지기도 할 것입니다.

　하지만 한 가지 다행인 건 그래도 신선한 얼굴을 찾으려는 제작진이 점점 늘어나고 있다는 점입니다. 장르를 떠나서 작품 수가 워낙 많아져서 필요한 배우의 숫자도 그만큼 늘고 있는 점도 기회입니다.

잘생긴 건 아닌데
매력적이에요

같이 작업하는 영화 감독에게 물었습니다.

"어떤 배우를 선호해?"

그는 사람 자체가 위트가 있고 에너지가 뿜어져 나오는 배우가 좋다고 했습니다. 고개를 끄덕이며 같은 자리에 있던 다른 감독에게 같은 질문을 했습니다. 그는 무조건 목소리가 좋아야 하고 디렉션을 잘 따라 주는 영리한 배우가 좋다고 했습니다. 역시 맞는 말이었습니다.

만약 이 질문을 다른 감독들에게 했다면 어떤 대답이 나왔을까요? 아마 각각 달랐을 것이고 또 어떤 면에서는 비슷하기도 할 것입니다. 질문의 단어를 배우가 아닌 이성으로 바꿔 볼게요. 주변에 각자의 이상형을 물어보면 다들 다를 것입니다.

배우가 되고 싶다

이성의 키나 외모 같은 신체적인 조건을 꼽는 사람도 있고, 함께 있을 때 느끼는 정서적인 안정감을 우선으로 꼽는 사람도 있을 것입니다. 이상형은 각자의 상황에 따라 바뀔 수도 있고 사랑에 실패도 해 보면서 또 영향을 받게 될 것입니다.

그래서 제작진이 선호하는 배우를 하나의 가이드라인으로 제시하기는 어렵지만, 공통으로 꼽는 조건들이 몇 가지 있습니다. 이 조건에 충족이 되는 신인들을 소개해 주면 감독들은 수긍하고 당장 캐스팅하지 않아도 가능성에 대해서 인정을 해 주기도 합니다.

우선은 희소성입니다. 일반인 기준에서는 멋지고 예쁜 사람들이 배우를 한다고 생각하지만 감독의 눈으로 봤을 때는 어디에서나 흔히 볼 수 있는 멋지고 예쁜 사람은 오히려 경쟁력이 떨어진다고 여깁니다.

특히 요즘은 같은 연기력이라면 전형적인 미남 미녀 스타일보다는 '어딘지 모르게 계속 눈길이 가고' 남이 가지지 못한 매력을 가진 배우를 선호합니다. 이건 각자의 주관이라 한 줄로 설명하기 모호하지만, 분명한 건 제작진은 신선한 마스크나 연기력 등 그 배우만이 가진 고유의 매력을 원한다는 사실입니다.

독특한 매력이 있는 배우와 그렇지 않은 배우의 차이점

이 부분 역시 많이 고민했습니다. 어떤 신인은 보고 나면 왠지 궁금해지고 다시 보고 싶고, 또 어떤 신인을 보면 언뜻 화려하고 매력적으로 보이지만 이상하게 다시는 인연이 안 될 것 같다는 느낌이 듭니다. 과연 그 차이는 어디에서 오는 걸까요? 이 부분 역시 대다수 신인이 궁금해하고 자주 묻는 말이기도 했습니다. 남다른 매력은 어디에서 느껴지는 걸까요? 외모는 타고나는 건데 그럼 외모가 평범한 사람은 과연 남다른 매력이 없는 걸까요?

이런 경험이 있습니다. 매니저가 추천해 준 어떤 신인의 연기 영상을 보고 굉장히 신선하다는 느낌을 받아서 오디션에 추천했고, 그 신인은 꽤 괜찮은 영화에 캐스팅되었습니다. 나중에 우연히 만나서 얘기를 나눠 보니 제가 이미 만나 본 적도 있었고, 메일로 프로필까지 받아 보았던 신인이었습니다.

그런데 도무지 기억이 나지 않았습니다. 메일을 확인했는데 프로필을 열어 보고도 무심히 지나쳤던 친구였죠. 그 신인은 영화와 드라마를 종횡무진으로 활약하며 연기력을 인정받으며 승승장구하고 있습니다. 외모는 평범합니다. 한 번 만났을 때 기억에 남지 않고 프로필이 인상적이지 않을 정도로. 하지만 그 배우에게는 남다른 매력이 있습니다. 이 일로 저는 누구든 외모로만 판단할 수 없다는 믿음을 갖게 되었습니다.

'보이지 않는 것도 믿어 보자는 그런 믿음.'

제가 만나 온 매력적인 사람에게는 본인만의 취향이나 라이프스타일이 있었죠. 남다른 매력은 거기에서부터 출발한다고 봅니다. 똑같은 향수를 뿌려도 체취와 믹스됐을 때 더욱 좋은 향이 나는 사람이 있는 것처럼요.

남다른 라이프스타일을 가진 사람들을 보면 그 사람 자체만으로도 호기심이 느껴지고, 더 알고 싶어지게 하는 무언가가 있습니다. 배우를 만나서 똑같은 질문을 던져도 본인만의 스토리와 통찰력이 있는 사람은 확실히 다른 대답을 내놓습니다.

연기도 마찬가지입니다. 정석이 아니라도 어딘지 모르게 그게 눈빛이 됐든 목소리가 됐든 그 사람만의 라이프스타일에서 묻어나는 본질 같은 게 있습니다. 우린 그걸 남다른 매력이라고 느낍니다. 어쩌면 배우에게 이 부분은 상당히 중요한 요소입니다. 감독이 원하는 배우의 유형 중에서도 매우 큰 비중을 차지하기도 합니다.

예를 들어 '배우 하정우' 하면 떠오르는 대체 불가한 연기 스타일과 에너지가 있듯이 여러분만의 고유한 색깔에 대해서 충분히 고민해 보시길 바랍니다. 결국 연기도 본인이 가진 색깔에서 나오기 마련이니까요.

오디션이 끝난 후
제작진이 나누는 대화

오디션을 마친 배우에게 "어떻게 봤어?"라고 물어보면 분위기가 좋았고 감독님이 칭찬도 해 주셨다고 말합니다. 그리고 막상 감독님에게 확인해 보면 아쉬운 부분이 보여서 이번에는 어려울 것 같다는 얘기를 듣습니다.

왜 늘 감독님의 피드백은 좋은데 떨어지는 걸까요? 숱한 오디션장에서 독설을 날리는 감독님을 거의 본 적이 없습니다. 감독들도 배우들이 조심스럽기는 마찬가지입니다. 불합격시켜서 미안하고, 어떻게 다시 만날지도 모르는데 굳이 혹평해서 상처를 주고 싶지는 않을 겁니다. 이미 마음속으로 평가가 끝났음에도 다른 연기를 한번 시켜 보거나 연기와 상관없는 질문이나 칭찬을 하는 식으로 마무리하는 경우가 많습니다. 오죽하면 신인들이 오디션을 보고 난 후 오디션 분위기 좋았다고 하면 업계 관계자들은 "너무 기대하지 마"라고 할까요.

경험상 오디션에서 정말 배우가 마음에 들면 오히려 연기를 지적하고, 그 자리에서 바로 연기에 대한 디렉팅을 해주는 경우가 많습니다. 왜냐하면 바로 실전에서 맞춰 봐야 하므로 오디션이 사전 리허설처럼 될 수밖에 없기 때문입니다.

오디션이 끝나면 자리에 있던 제작진은 즉각적으로 반응합니다. 그게 연기력에 대한 평가든 이미지에 대한 평가든 한 명이라도 부정적인 의견을 내비치면 그 배우가 캐스팅되는 일은 거의 없습니다. 보통은 감독이 결정하지만 감독도 같이 심사한 제작진의 의견을 귀담아들으려 하므로 정말 확신이 서지 않는 이상, 굳이 반대 의견이 있는 배우를 고르려고 하지 않습니다. 어떻게 보면 일종의 화백회의처럼 심사위원 모두가 만장일치로 선택한 배우를 찾고자 하죠.

그래서 오디션에서는 확실하게 인상을 각인시켜야 합니다. 적당히 잘하는 배우를 뽑는 경우는 거의 없기 때문입니다.

그럼 어떤 연기를 준비하는 편이 좋을까?

모두가 만족하는 연기를 하는 건 쉽지 않습니다. 누군가는 자연스럽고 부담스럽지 않은 일상이 묻어나는 연기를 선호하고, 누군가는 감정이 깊이 들어가는 연기를 선호할 수도 있습니다. 그래서 다수의 신인이 그때그때 연기 톤을 바꿔 보기도 하고, 이게 나을지 저게 나을지 고민을 많이 합니다.

그럴수록 본인만 잘할 수 있는 연기를 준비할 것을 추천합니다. 마치 투수에게도 직구든 변화구든 본인만이 잘할 수 있는 주특기가 하나씩 있듯, 어떤 상황에서도 흔들림 없이 보여 줄 수 있는 자신만의 색깔이 필요합니다. 그걸 제작진이나 작품에 맞춰서 굳이 변화를 줄 필요는 없습니다. 어디에서든 확실하게 보여 줄 수 있는 실력이 있으면, 꼭 오디션에서 찾는 캐릭터가 아니더라도 다른 역할로 캐스팅되는 경우도 종종 있기 때문입니다.

그래서 이 사람 저 사람 취향에 맞추기보다 본인만의 필살기를 하나쯤은 준비해 두는 편이 좋습니다. 그 편이 모든 사람의 만족을 끌어내기가 더 수월할 것입니다.

"바보 같을지라도 과감하게 부딪쳐
새로운 세계를 찾아라."

영화 〈죽은 시인의 사회〉

소속사에서 알려 주지 않는 것

신인이 매니지먼트를 계약할 때 회사의 과거나 현재만 보는데
미래와 가능성에 대해서도 고민해 봐야 합니다.
소속사가 어떤 회사를 지향하는지,
여러 선택의 갈림길에서 어떤 가치를 추구하는지,
실제 일하는 직원들의 관심과 만족도는 어떤지…….
물론 이러한 이야기는 회사에서 알려 주지 않습니다.
단점보다는 핑크빛 미래만 들려줄 것입니다.
재정적으로 어떤 어려움이 있는지,
일하던 매니저가 갑자기 그만두었는데 어떻게 충원할지 등
그 속내까지 속속들이 알려 주지 않습니다.

결국 소속사도 항상 리스크가 있고 해결해야 할 과제가 많습니다.
여러분이 앞날을 고민하듯 소속사도
어려움 앞에서 한숨 쉬고 있을지도 모릅니다.
어떤 회사든 장단점이 있습니다. 완벽한 회사를 기대하지 마세요.
달콤한 말보다는 진심 어린 애정과
열정이 느껴지는 회사인지를 먼저 봐야 합니다.

어떤 매니저를 바라나요?

소속사가 없는 지망생들은 소위 말해서 매니저에 대한 환상이 있어 보입니다. 아니면 주변 동료들에게 들었던 여러 좋지 않은 사례들로 부정적인 편견을 갖거나. 신인들은 회사와 계약을 하면서 보통 회사의 브랜드나 외형적인 면을 보지만, 실제적으로 같이 일하는 매니저에 대해서는 크게 고민을 못 해 보는 경우가 많습니다. 사실 소속사에 들어가기 전에 매니저의 성향까지 파악하는 건 불가능하죠.

소속사에 들어가서 배우로 활동하게 되면 대부분의 시간을 현장 매니저와 보내게 됩니다. 스케줄 조율, 현장에서의 배우 케어 등 직접적으로 배우에게 가장 영향을 많이 끼치는 사람이 매니저입니다. 어떤 매니저를 만나는가가 곧 회사의 만족도로 연결되는 일이 많습니다. 소속사에 대한 불만 중 대부분이 현장 매니저에게서 비롯되기도 합니다.

그런데 가만히 보면 매니저와 같이 일하는 범위가 어디까지인지, 매니저의 역할이 구체적으로 어떤 건지, 배우와의 커뮤니케이션은 어떻게 해야 하는지……. 이런 서로의 역할에 대해서 잘 아는 경우가 별로 없습니다. 소속사마다 정해놓은 기준이 다르기도 하고 요즘은 현장 매니저 구하기가 매우 어렵다 보니, 회사에서도 매니저에 대한 충분한 교육 없이 현장에 투입하는 경우도 다반사이기 때문입니다.

현장 매니저에 대한 급여나 복지 처우가 낮은 수준이고 작품에 들어가면 밤낮 휴일도 없이 일해야 되는 고강도의 일인 데다가, 배우의 성향이 워낙 다르고 변수도 많은 만큼 매니저와 배우 모두 고충을 겪는 경우가 많습니다. 매니저로서 성공에 대한 비전도 커 보이지 않다 보니 현실적으로 고민이 많을 수밖에 없고, 그러다 보니 각 회사도 매니저 관리에 가장 많은 어려움을 겪습니다.

그나마 신인일 때는 '그런가 보다'라고 여기는 경우가 많지만, 어느 정도 작품 활동을 하다 보면 다른 회사 매니저와 비교도 하게 됩니다. 선배나 동료들에게 이런저런 얘기를 듣다 보면 결국은 부족한 부분에 대해서 불만이 생길 수밖에 없습니다. 결국에는 이런 일들이 축적돼서 소속사와 분쟁으로 이어지는 경우도 있습니다.

어느 매니지먼트든 대부분은 배우의 영업이나 작품 결정에 관여하는 실장급 이상의 경험 있는 매니저와 현장을 함께 다니는 로드 매니저들로 구성되어 있습니다.

실장급이라면 대개는 매니저로서 경험이 적어도 5~7년 정도 이상인데, 요즘은 실장급 매니저도 없다 보니 이마저도 회사마다 상황은 다릅니다. 실장급 매니저는 기본적으로 배우의 작품에 대한 논의나 방향에 대해서 가장 많은 대화를 나누는 상대입니다. 배우가 어떤 장단점이 있는지 누구보다 잘 알아야 하고 작품 영업을 할 때도 배우를 대신해서 잘할 수 있어야 합니다. 성실히 방송국과 제작사 관계자를 만나고 다니면서 배우의 차기작을 영업하기 위해 가장 많은 시간을 할애합니다.

그러다 보면 이런저런 바쁘다는 이유로 배우와 소통할 시간이 부족한데, 개인적으로 친한 매니저에게는 가능하면 배우와 이야기를 많이 하라고 조언합니다. 배우에게 차기작만 연결하면 본인 할 일은 다 했다고 생각하는 매니저가 많은데, 실제 배우들은 실장급 매니저와의 커뮤니케이션에 대해서 갈증을 느끼고 대부분 불만은 그런 스킨십이 뜸할 때 생기게 되어 있습니다.

어떤 매니저들은 결과로서만 보여 주려고 하고 본인이 어떤 노력을 하는지, 배우가 어떤 부분을 원하는지 등 과정에 대한 내용을 간과하는 경우가 있습니다. 하지만 그렇게 되면 서로 이해 차이가 발생하고 일이 안 풀릴수록 고스란히 오해로 번지는 일이 종종 생기게 됩니다.

신인의 경우에도 본인에게 오디션 기회가 잘 없거나 어떻게든 현장에서 연기를 하고 싶은데 그게 잘 이뤄지지 않으면, 회사의 영업 능력을 의심하거나 포괄적인 불신을 갖게 됩니다. 결국 빨리 여기서 벗어나서 다른 곳에 가서 남들처럼 잘하고 싶다고 생각하는 일들이 많습니다.

그런데 막상 신인들의 불만을 들어 보면 충분히 불만 삼을 만한 일과 늘 어느 현장에서나 발생할 수 있는 이해 가능한 일들이 혼재되어 있다는 느낌이 듭니다.

한 번은 이제 막 라이징 스타로 인정받기 시작한 배우를 만났는데 회사에 대한 불만을 이것저것 토로했습니다. 본인은 계약 해지를 요구할 계획이고 소송을 해서 당장 활동하지 못해도 지금 빨리 현재 소속사에서 벗어나고 싶다는 욕심을 내 비췄었습니다.

그런데 막상 계약 해지에 대한 사정을 듣고 있자니 대부분은 현장 매니저의 역량 부족으로 생긴 일이었고, 회사가 큰 잘못을 했다는 부분도 냉정하게 생각해 보면 배우에게도 어느 정도 책임이 있을 수 있는 일이었습니다. 또 어느 회사에서든 생길 수 있는 일이기도 했고요.

그래서 그 배우가 가진 여러 가지 불만에 대해서 하나하나 설명을 해 주었습니다. 그중에 어떤 부분은 회사 잘못이지만, 회사가 충분히 사과하거나 정정해서 다시 그런 실수가 없게끔 조치를 하면 되는 일이라고도 이야기를 해 주었습니다. 계약서에 명시된 계약 해지 사유에는 충족이 안 될 수도 있다고. 만약 분쟁 후에 활동하지 못하게 되면 돈의 문제를 떠나서 앞으로 얻는 것보다 잃는 게 더욱 많을 수도 있다고 얘기해 주었습니다.

결국에는 그 배우는 기존의 회사와 잘 해결을 해서 지금은 캐스팅하기도 어려운 주인공 배우가 되었습니다.

당신과 함께하는 매니저가 늘 정답일 수 없습니다. 물론 배우인 당신에게 불이익이 가게끔 어리석은 행동을 하거나 기본적인 약속도 지키지 않는 매니저라면, 회사와 이야기해서 재발이 안 되게 하거나 교체가 필요할 수도 있습니다.

배우와 매니저 사이에서 가장 필요한 부분은 서로에 대한 신뢰입니다. 신뢰를 쌓는 일은 서로가 프로답게 일한다고 저절로 형성되지 않습니다. 가장 필요한 건 서로를 이해하려고 노력하고 단점도 받아들이고 오히려 장점으로 끌어내려는 소통입니다.

사람이니까 실수할 수도 있고 각자 생각하는 기준이 다른 만큼 작은 행동에서 오해를 불러일으킬 수도 있습니다. 그럴 때일수록 솔직하게 마음을 터놓고 얘기를 해야 합니다. 많은 신인과 지망생들이 그런 소통을 잘할 수 있는 회사를 1순위로 꼽습니다. 이런 부분은 매니저도 반드시 명심해야 합니다.

소속사가 꺼리는 배우

가끔 매니저를 만나면 회사 소속 배우 프로필을 펼쳐 놓고 콕 찍어서 몇 명만 추천하는 경우가 있습니다. 아니 그런 경우가 꽤 많습니다. 그리고 제작진이 거꾸로 이렇게 물어보기도 합니다. 만약 이 중에서 한 명만 추천하라면 누구를 추천하고 싶은지.

이때 매니저의 속마음은 어떨까요? 왜 어떤 배우는 속내를 드러내서 추천하고 또 어떤 배우는 같은 소속사임에도 불구하고 뒤로 빠지게 되는 걸까요? 물론 본인 회사 소속 배우를 대놓고 욕하는 친구들은 없겠지만(종종 보기도 했습니다.), 소속 배우가 여러 명일 때는 그중에서도 애정이 가는 배우가 있기 마련입니다.

그리고 애정도에 따라 실제로 배우에게 지대한 영향을

끼치기도 합니다. 아마도 배우가 매니저랑 같이 다니며 영업할 일은 거의 없기 때문에 이런 부분까지 알기는 어려울 것입니다.

우선 매니저가 배우에 대한 애정이 생기는 포인트는 첫째, 연기력입니다. 오디션을 가서도 반응이 좋고 빠른 기간 안에 치고 올라갈 수 있는 실력을 갖췄다면, 매니저는 분명 신나게 일할 수 있을 것이고 하나라도 더 기회를 잡고자 뛰어다닐 것입니다. 배우가 기본적으로 연기를 못하면 매니저의 신뢰 또한 무너져서, 본인이 자신 있게 추천할 수 있는 배우들을 더욱 추천할 수밖에 없습니다.

배우는 연기에 대한 준비가 덜 되어 있다면 매니저에게 솔직하게 말하는 편이 좋습니다. 그 방법이 길게 보면 매니저의 신뢰도를 올리는 길이고 배우에게도 도움이 되는 길입니다.

매니저가 소속 신인 배우를 싫어하는 공통적인 이유 중 하나는 신인이 가진 역량과 신인이 원하는 기대치의 갭이 클 때입니다. 단편적으로 회사는 끊임없이 기회를 제공해 주는 역할이고 본인만 잘하면 기회를 잡을 수 있다고 여기는 경우가 많습니다. 그러다 보니 늘 기회에만 목말라 있고 정작 본인이 어떤 위치거나 실력인지는 잘 깨닫지 못하는 편입니다.

이런 상황이 반복되면 마인드는 자꾸 부정적으로 흘러가고 본인이 처한 상황을 부정하게 됩니다. 오디션에서 떨어지는 이유도 소속사가 힘이 없기 때문이고, 다른 신인이 잘되는 걸 보면서 '왜 회사는 나한테 관심이 없지'라며 하소연을 하게 됩니다. 본인에게 원인이 있는 건 모른 채…….

배우든 회사든 자꾸 결과로만 이야기하려고 하는데 사실 과정이 더욱 중요합니다. 회사는 회사대로 어떤 노력을 하는지 끊임없이 알려 줘야 하고, 배우는 배우대로 준비하고 성장하는 모습을 보여 줘야 합니다. 서로 각자 부족한 점을 이야기할 수 있어야 하고 그런 부분까지 포용해야 진정으로 배우와 매니저의 신뢰감이 형성됩니다.

세 번째 질문

선배가 들려주는 이야기

꿈을 향해

배우의 길에 정답이 없다지만
어쩌면 선배가 걸어온 길이 해답이 될지 모릅니다.
우리가 배우로서 인정하고 닮고 싶은 선배들도
같은 고민을 했고
여러 번 좌절을 맛보기도 하면서
지금의 자리에 오를 수 있었습니다.

앞으로 소개할 선배들의 이야기에는
공통적인 메시지가 있습니다.

그건 다름 아니라
후배들이 자신이 겪었던
시행착오를 되풀이하지 말고,
힘들어도 꿈을 향해
잘 버티며 나아가길 바란다는 점입니다.

뭘 위해 싸우는지
아는 게 중요해

배우 지망생들을 위해 진행했던 CGV '배우토크'의 게스트 배우들 중에는 유독 무명 기간이 길었던 배우들이 많았습니다. 손현주, 이성민, 조성하, 박성웅, 김성균 등 무명 배우로 적게는 10년에서 그 이상의 시간을 보냈던 배우들이었습니다. 그들에게 물었습니다.

"어떻게 그 시간들을 버틸 수 있었죠?"

대답은 모두 달랐습니다.

"그저 연기할 수 있다는 것에 만족했어요."

"늘 믿고 응원해 주는 가족 때문에 버틸 수 있었죠."

"솔직히 힘들었지만 운 좋게 그 시간을 지날 수 있었죠."

"제 꿈을 믿었어요."

버틸 수 있었던 원동력은 모두 달랐지만 공통으로 그 대답들에 깔린 자세는 한 가지로 좁혀졌습니다. 수입이 없어서 배가 고프고 힘들어도, 지금 내가 배우로서 인정받지 못하고 연기할 기회가 많지 않아도, 심지어 배우로서 성공하는 일이 거의 불가능해 보여도, 그들은 한결같이 그것 역시 배우의 숙명으로 받아들이고 있었습니다.

배우 유연석은 CGV '배우토크'에서 그를 '버티게 하는 힘'에 대해 이렇게 말했습니다.

"사실 저도 버티고 있어요. 그런데 그걸 버틴다고 생각하면 너무 힘들어져요. 그냥 이 과정 자체가 '내가 되고 싶은 어떤 배우가 되는 길을 가고 있다'라고 생각해야지, '내가 지금 버티고 있어', '지금 참고 있는 거야' 이런 생각을 하면 더 힘들지 않을까요?

생각을 바꿔서 '내가 지금 어떤 길을 잘 가고 있다'라고 생각하면 마음이 조금 편하지 않을까 해요. 결국 과정을 즐겁게 하려다 보면 그 결과가 버텨 내는 게 되지 않을까요."

그들은 어쩌면 현실적이거나 경제적인 문제로 겪는 어려움보다 연기를 하고 싶어도 할 수 없을 때의 공허함과 허탈함에 더 힘들어했습니다. 가치를 어디에 두느냐의 문제인데, 예를 들어 배우로서 수입이 적고 경제적으로 힘들어서 고민하는 것보다 본업인 연기로 먹고살지 못하고 다른 일로 수입을 대체해야 할 때 심적으로 더욱 힘들었을 것입니다. 연기만 하면서 살고 싶은데 현실적으로 그럴 수가 없으니 그것만큼 괴로운 게 있을까요.

배우를 내 인생의 업(業)으로 받아들이면 그에 공들이는 시간과 수입에 대해서도 관점이 달라질 수밖에 없습니다. 목표가 스타가 되거나 배우로서의 성공이라면 목표 달성까지 시간도 더디게 느껴질 수밖에 없고 무력함과 부담감은 늘 따라다닐 것입니다. "저 배우는 되는데 나는 왜 안 될까?"라는 상대적인 상실감도 느낄 테고요.

그러나 배우로서 확고한 인생의 길을 택한 사람은 우선 시간을 바라보는 관점부터 다릅니다. 빨리 되냐 안 되냐를 떠나서 연기 경험을 차곡차곡 쌓다 보면 언젠가는 기회가 주어지리라는 믿음이 강하죠. 꼭 기회가 주어지기를 기다리기보다는 그저 연기할 수 있는 시간을 감사하게 받아들입니다.

"길게 봐야 한다. 참고 견뎌야 한다. 고독도 숙명으로 받아들여라."라는 조언들이 일시적으로 자극도 되고 의지하는 힘도 되겠죠. 하지만 그보다 배우를 내 운명의 업으로 받아들일지에 대한 고민부터 해야 합니다. 그게 바로 많은 대배우를 버틸 수 있게 한 힘이고 경험의 증거이기도 합니다.

슬럼프가 왔습니다

슬럼프는 누구에게나 옵니다. 배우가 아니라도 직장인이나 학생, 주부에 이르기까지 어떤 일을 해도 잘 풀리지 않고 의욕도 없고 보상도 따라 주지 않을 때 슬럼프를 겪게 되죠.

저도 몇 차례의 슬럼프를 겪었습니다. 처음 회사를 만들고 1년 즈음 지났을 때도 슬럼프가 찾아왔죠. 정확히 말하자면 '번아웃 증후군(Burnout syndrome)'이었습니다. 무슨 일을 해도 무기력하고 마치 퓨즈가 끊어진 것처럼 의욕도 흥미도 사라지고 없었습니다. 평소에 스트레스를 받아도 쌓아두지 않고 그때그때 푸는 편입니다. 한 직장에 십 년 넘게 다니면서도 이직이라는 걸 딱히 고려해 본 적이 없을 정도로 긍정적인 편이어서 이런 경험은 낯설었습니다.

그러나 처음으로 창업하고 해 보지 않았던 일도 하게 되고 생각지도 못한 변수들을 연이어 만나면서 어느 순간 육체적, 정신적으로 이상이 왔습니다. 그게 에너지가 고갈되었다는 신호란 걸 알게 되었습니다.

그때 모든 걸 잠시 멈추고 아내에게 동의를 구해서 네 살 된 딸과 미국 여행을 떠났습니다. 미국에 여동생 가족이 살아서 별다른 계획 없이 일주일 넘는 기간을 무작정 떠났습니다. 아무 생각 없이 떠난 여행이었는데, 어린 딸과 단둘이 떠나는 여행인 데다가 장거리 비행이라 시작부터 순탄치는 않았습니다. 아이는 시차 적응이 안 되고 모든 환경이 바뀌다 보니 칭얼거리기 일쑤였습니다. 짜증이 나다가도 안쓰럽고 어느 순간 '내가 왜 굳이 이렇게 힘들게 여행을 왔나'라는 생각도 들었습니다. 하지만 종일 아이에게 집중하고 신경 쓰다 보니 몸은 고되지만 어느새 일과 관련된 스트레스가 전혀 떠오르지 않았습니다.

하루는 라스베이거스를 떠나 LA로 향하는 네바다 사막을 지날 때였습니다. 여동생이 사막 한가운데에 차를 세우고 "오빠, 저 앞에 있는 모래 언덕에 올라가서 우리 사진 좀 찍어 줄 수 있어?"라고 농담 반 진담 반 얘기를 했습니다. 흔쾌히 그러겠다고 사막을 걷기 시작했는데 바로 앞에 있는 것처럼 보였던 모래 언덕은 꽤 먼 거리에 있어서, 30분을 넘게 걸었는데도 언덕까지 거리가 꽤 남아 있었습니다.

그래서 일단 뛰기 시작했는데 한참 뛰다 걷다를 반복하다 보니 어느 순간 알 수 없는 뜨거운 눈물이 흘러내리기 시작했습니다. 무언가 감정이 복받쳐 오르면서 눈물이 나기 시작했는데, 그러고 나서도 한참을 그 자리에 서서 눈물을 쏟아냈습니다. 아무도 없고 마치 진공 상태처럼 아무 소리도 들리지 않는 끝없는 사막이 허락한 도무지 설명할 수 없는 경험이었습니다. 지금도 왜 눈물이 났는지 이유를 모르겠습니다.

신기한 건 그날 이후로 의욕도 다시 생기고 한국에 돌아오니 모든 게 제자리를 찾은 기분이 들었습니다. 지금도 가끔 그때 광활하고 압도적인 사막 위에서 느꼈던 감정을 생각합니다.

'내 존재가 여기 있는 하나의 모래알과 다를 바 없구나. 내 주위를 둘러싼 고민이나 스트레스도 참 보잘것없는데 왜 그렇게 바둥거리고 살았을까.'

배우 김명민은 '2016 청춘페스티벌' 강연 중 슬럼프에 대해 이렇게 말했습니다.

"슬럼프는 누구에게나 찾아오는 단지 목표로 가는 과정일 뿐입니다."

배우 인터뷰를 찾아보면 유독 슬럼프에 대한 언급이 많습니다. 배우라는 직업은 본인 의지만으로 할 수 있는 일도 아니고 끊임없이 누군가의 선택을 받아야만 합니다. 또 노력한다고 반드시 보상받는 직업도 아니라서 슬럼프를 겪지 않는 배우는 아마 거의 없을 겁니다.

CGV '배우토크'에서 한 배우에게 "어떻게 슬럼프를 이겨내나요?"라고 물었더니, "저는 지금도 슬럼프라고 생각해요."라는 답을 들었습니다. 슬럼프 역시 하나의 과정으로 받아들이는 배우의 덤덤한 대답이 기억에 남았습니다.

배우는 기본적으로 에너지가 차 있어야 한다는 말을 많이 합니다. 연기로 에너지를 뿜어내고 그 에너지는 고스란히 관객에게 전달되기 때문입니다. 그런데 에너지라는 게 언제나 뜨거울 수만은 없습니다. 때로는 뜨겁게 타오르다가도 냉정해지기도 했다가 수면 아래로 가라앉기도 합니다.

신인은 열정이 가득하죠. 하지만 뜨거움이 식거나 빛이 바랬을 때 혹은 에너지가 바닥났을 때 충전하는 일에 대해서는 잘 생각을 못 하는 것 같습니다. 일시적인 현상인데도 현실에서 도피하거나 포기하는 방법을 택하는 경우가 종종 있습니다.

선배들은 이렇게 슬럼프가 왔을 때는 빨리 거기에서 벗어나야겠다고 다짐하기보다는 파도에 몸을 맡기듯 잠시 숨을 고르면서 휴식을 하고 천천히 빠져나오라고 이야기합니다.

슬럼프가 오면 그 상태를 받아들이면 됩니다. 슬럼프는 극복의 대상이 아닌 휴식과 재충전을 통해 지나가는 과정입니다.

여행을 가거나 새로운 사람들을 만나거나 잠시 현실의 고민을 내려놓고 지금과는 다른 경험을 해 보는 것도 좋은 방법입니다. 또 이번 기회에 스스로 에너지를 체크해 보는 시간을 가질 수도 있죠. 문득 걷던 길을 멈춰서 하늘도 바라보고 주변을 바라보는 여유를 가지세요.

세상은 당신에게 빨리 가라고만 재촉하질 않습니다. 그보다 더욱 중요한 건 가던 길을 끝까지 갈 수 있는 당신의 에너지입니다.

"생이지지(生而知之), 학이지지(學而知之), 곤이학지(困而學之)라는 한자 성어가 있어요. 태어나서부터 아는 사람, 배워야 아는 사람, 어렵게 고생해야 아는 사람이 있다는 뜻입니다.

저는 어려움의 감정이 저를 가르친다고 생각해요. 힘들 때마다 생각하고 배워서 더 성숙한 감정으로 그 어려움을 이겨 내세요. 재능보다 중요한 것은 사랑과 열정 그리고 인내입니다. 세상은 날 금방 알아주지 않아요. 정말 꿈이 있다면 보상이 없어도 묵묵히 견뎌야 합니다. 인생은 고시 공부가 아니니까요."

_배우 정진영

배우가 되고 싶다

연기 철학이 있나요?

앞에서도 소개했지만 배우 인생으로 60년을 넘긴 이 순재 선생님께 연기로 더 이룰 게 있냐고 묻자, "지금도 이뤄가는 단계다."라고 말씀하셨습니다. 연기란 항상 도전하고 새롭게 하는 것이지 완전히 끝났다는 건 있을 수 없다는 얘기죠. 배우로서 이른바 거의 한 평생을 살아오신 분이 연기에는 완성이 없다고 하는데, 어떻게 '연기란 이런 것이다'라고 한마디로 단정 지을 수 있을까요?

실제 CGV '배우토크'에 왔던 선배 배우들에게 연기 철학을 물었을 때 가장 많았던 대답은 '잘 모르겠다'거나 '없다'였습니다. 배우들에게 연기는 항상 새로운 숙제이고, 그들은 끊임없이 연기에 대해 고민하고 있어서 의외로 특별한 연기 철학이 없다는 대답을 가장 많이 했습니다.

CGV '배우토크'에서 배우 이성민도 연기 철학을 묻는 말에 이렇게 답했습니다.

"연기 철학은 없습니다. 언젠가 '왜 연기를 하지?'라고 고민한 적이 있었어요. 문득 생각했죠. '내가 하는 일이 어떤 답이 있거나 내가 했던 작업에 만족했다면 그만두지 않았을까? 그렇지 않으니까 나는 이 일을 계속하고 있고, 다음 작품에서 어떻게 연기할지 고민하는 것은 힘들어도 당연한 일이 아닐까?'

계속 숙제가 있는 것 같은 생각이 들어요. 그래서 계속하는 거겠죠."

기본적으로 배우라면 누구나 연기에 대한 관점이나 소신은 있을 겁니다. 그게 기술적인 면이든 마인드적인 면이든 연기를 하는 사람이라면 가장 우선으로 생각하는 가치가 있겠죠. 그게 현장감일 수도 있고, 진정성일 수도 있고, 상대와의 호흡일 수도 있고, 약속을 지키는 것일 수도 있습니다.

그런데 왜 연기를 수십 년 해 온 배우들이 오히려 "잘 모르겠다."라고 말할까요? 그 이유는 나이가 들수록 삶의 가치관이 달라지듯 아마도 연기를 거듭할수록 계속해서 새로워지고 보이지 않던 게 보이기 때문일 것입니다. 마치 어렸을 때 감명 깊게 읽었던 책을 나이가 들어 다시 꺼내 보면 전혀 보이지 않던 부분이 새로운 의미로 다가오는 것처럼요.

연기도 도전할수록 보이지 않던 부분이 보이고 가치관도 달라지기 때문이 아닐까요?

배우들에게 연기 철학을 물었을 때 '연기 철학이 없다'는 대답 다음으로 "배우가 되기 전에 인간이 되어라!"라는 말을 많이 했습니다.

배우로서 평판이 중요하고 인연이 인연을 낳기 때문에 언제 어디서든 겸손하고 사람답게 살아야 한다는 점은 굳이 강조하지 않아도 다 아는 이야기일 겁니다. 그런데 연기 철학을 말하는데 굳이 '인성'을 언급하는 이유는 다른 데에 있습니다. 단순히 평소에 착하게 살라는 의미만은 아닙니다.

지망생 중에는 연기가 공동 작업이라는 사실을 간과하는 사람이 있습니다. 연기 경험이 없거나 연기 공부를 혼자 하다 보면 어떻게든 본인이 돋보일 수 있는 연기에만 집중합니다. 오디션에서는 주로 독백을 많이 하는데 아무래도 혼자 준비를 하다 보니 대본을 볼 때도 본인 대사만 소화하기 바쁩니다.

그런데 실제 현장에서 연기를 해 보면 상대가 연기할 때 리액션이 얼마나 중요한지를 알게 됩니다. 연기를 처음 하는 신인들이 가장 많이 저지르는 실수 중 하나도 이러한 리액션 준비를 소홀히 하는 것이죠. 작품의 전체적인 톤 앤 매너를 무시하고 본인 연기만 돋보이려고 준비하는 것만큼 어리석은 생각이 없습니다.

연기에 인성이 언급되는 이유도 결국 상대를 어느 정도 배려하느냐가 연기에 영향을 주기 때문입니다. 나만 잘한다고 잘되지 않습니다. 상대가 잘할 수 있게 해 줘야 합니다. 더 나아가 우리가 잘할 수 있어야 하기 때문이죠.

나보다 우리를 먼저 생각한다는 마음가짐은 여러 가지를 의미합니다. 상대에 대한 배려에서부터 기본적으로 시간 개념을 잘 지킨다거나 처음에 한 약속을 끝까지 지키는 책임감일 수도 있습니다. 처음에는 누구나 사람들에게 잘 보이고 싶어 하고 배려하려고 합니다. 하지만 본성은 늘 그렇듯 위기 때 나오는 법입니다.

촬영을 시작하면 현장 스케줄이 꼬이고 상대가 예상치 못한 행동도 하고, 여러 가지 변수들이 계속해서 괴롭힐 겁니다. 그런 상황에서도 평정심을 유지하고 나보다 우리를 생각하는 건 물론 쉽지 않습니다. 그래서 착한 배우보다 '사려 깊은' 배우, '사려 깊은' 사람이 되라고 말합니다. 어떤 상황에서도 우선순위를 고려해서 신중하게 판단한 후 배려 있게 행동하는 사람 말입니다.

결국 연기에 대한 철학은 기본적인 삶의 자세에서부터 시작하고 사려 깊은 배우는 연기에서도 그 깊이를 드러내게 됩니다.

"선배들에게 연기 철학에 대해 물어보면 '인간이 되어라!' 라는 말을 가장 많이 합니다. 이 말을 긴 세월 생각하고 고민했습니다. 배우는 인간의 이야기를 보여 주는 사람이기에.

제가 생각하는 사람을 대하는 기본자세는 배려입니다. 함께 연기하는 상대방이 잘할 수 있게 하려면 먼저 상대를 배려하려는 준비가 되어 있어야 합니다. 나만 잘하면 된다는 생각은 착각입니다. 물론 영화나 드라마를 보면 어느 한 사람만 딱 도드라져 보일 때도 있습니다. 하지만 연기는 공동 작업입니다. 나보다는 작품 전체가 보이는지가 중요하다고 생각합니다."

_배우 조성하

작품을 고르는 기준

배우들이 작품을 고를 때 대본을 가장 우선해서 보겠지만 감독이나 작가, 상대역을 중요시하기도 합니다. 혹은 시나리오 속 캐릭터를 유심히 보기도 하고 작품이 전하고자 하는 메시지에 비중을 두기도 합니다. 많은 관객이 좋아해 줄 작품인지도 물론 중요한 판단 기준이 되겠죠.

여러 판단 요소가 존재하겠지만 무엇보다 배우가 그 작품을 하고 싶은지가 가장 중요합니다. 그래서 작품을 고르는 기준에 대해 물어보면 정답이 없습니다. 아무리 작품 보는 기준이 높고 까다로운 배우도 전혀 예상하지 못한 이유로 작품을 고르기도 하고, 이런저런 조건 다 따져서 작품을 결정해도 결과적으로 좋지 않은 선택이었다고 후회할 수도 있기 때문입니다.

캐스팅 디렉팅 일을 하면서 배우 매니지먼트도 같이 하다 보니 배우들이 작품을 고를 때 어떤 조건을 보는지를 구체적으로 알게 되었습니다.

그런데 알면 알수록 더욱 혼란스러워졌습니다. 평소 작품을 고를 때 캐릭터나 메시지를 중요시하는 배우도 돈이 필요하면 개런티에 맞춰서 작품을 선택하기도 하고, 친한 감독이 부탁해서 어쩔 수 없이 작품을 하기도 하는 것이 이곳의 생리이기 때문입니다.

배우가 작품을 보는 기준은 아마 계속해서 바뀔 겁니다. 작품을 할 때마다 여러 시행착오를 겪으며 작품을 보는 눈이 달라지겠죠. 배우가 처한 상황에 따라 자연스럽게 변하기도 하고 막상 어떤 기준으로 골랐던 작품이 기대에 부합하지 못하면 또 다른 기준으로 골라 보기도 합니다.

정답도 없고 계속해서 작품을 보는 기준이 달라지는데도 굳이 배우들에게 '작품을 고르는 기준'을 묻는 이유가 뭘까요? 그게 어쩌면 그 배우가 갖는 고유의 가치관으로 해석할 수 있기 때문입니다. 역할 비중이 적어도 흥행 작품에 참여하고 싶은 배우와 저예산이어도 배우로서 각인될 수 있는 존재감 있는 영화를 고르는 배우는, 배우로서 갖는 지향점 역시 다를 수 있습니다.

물론 작품을 선택하는 기준이 시기적인 조건과 더 결부

될 수도 있습니다. 아무래도 전작이 흥행이 잘되지 않았다면 다음에는 흥행에 더욱 갈증이 나기 마련이고, 흥행 작품에서 존재감이 부족했다면 다음에는 캐릭터가 강한 역할로 주목받고 싶어 하기 마련이죠. 그럼에도 불구하고 작품을 고르는 기준은 분명 그 배우의 방향성과 직접적으로 맞닿아 있습니다.

신인에게 작품을 고르는 기준이란 어떤 의미일까요? 그저 연기할 기회만 있어도 감사한 일인데 작품을 고른다는 것 자체가 주제넘은 질문으로 받아들일 수 있습니다. 그럼에도 불구하고 신인 때부터 작품을 고르는 기준에 대해서 고민해봐야 합니다. 무명이라고 해서 작품을 못 고르는 것도 아니고 어느 순간 유명해진다고 해서 작품을 고르는 기준이 생기지도 않기 때문입니다. 본인의 포트폴리오는 신인 때부터 시작되므로 작품을 고르는 일을 그저 유명해지고 난 후의 일로만 생각해서는 안 됩니다.

가끔 지망생 중에는 작품에 본인의 대사가 얼마나 많고, 비중 있는 인물인지를 먼저 챙기는 친구들이 있습니다. 하지만 그것보다 어떤 감독을 만나고 어떤 작품을 만나는지가 더 중요할 수 있습니다. 숲을 보지 못하고 나무만 보는 케이스가 종종 있습니다.

작품을 고를 때 역할 비중을 1순위로만 보지 않으면 좋겠습니다. 배우라면 작품이 관객에게 어떤 메시지를 주는지, 자신은 그 안에서 어떻게 기여를 할 수 있는지, 작품이 나왔을 때 대중들은 어떻게 판단할지 등 다양한 각도에서 찬찬히 살펴봐야 합니다. 선배 배우들이 인터뷰했던 내용을 조금만 찾아봐도 아마 작품을 고르는 기준에 대해서 어느 정도 대답이 될 수 있을 것입니다.

배우로서 자기 관리

배우들이 철저하게 자기 관리 하는 모습을 곁에서 보면 대단하다고 느낄 때가 있습니다. 주변에 왕성하게 활동하는 배우들은 거의 대부분 평소에 운동을 합니다. 운동뿐만이 아닙니다. 식단 조절에서부터 피부나 몸매 관리에 이르기까지 평소에도 철저하게 자기 관리를 하죠.

이들이 이렇게 평소에 시간을 내서 운동하는 이유는 단순히 멋지고 날씬하게 보이기 위해서만은 아닙니다. 자기 관리가 곧 배우의 나이 그리고 더 나아가 캐릭터까지 결정하기 때문입니다.

혹자는 "나중에 유명해지고 여유가 생기면 운동도 하고 관리도 받고 누가 못 하겠어"라고 말하기도 합니다. 당장 먹고 살기도 빠듯하고 취미 생활도 사치인 사람에게 자기 관리는 남의 일만 같고 시간적, 물질적으로 여유가 뒷받침되어야 할 수 있지 않으냐고 반문할 수도 있습니다. 일반 직장인이나 학생이라면 그럴 수도 있습니다.

하지만 배우는 보여지는 직업입니다. 뚱뚱하든 날씬하든 나이가 들어 보이든 어려 보이든 현재 보여지는 이미지가 작품에서 나를 찾는 이유이고 내 캐릭터일 수밖에 없습니다. 그래서 대부분 자기 관리를 배우로서의 하나의 의무라고 생각하는 편입니다.

자기 관리를 하는 또 다른 이유는 체력 관리를 위해서입니다. 배우 설경구는 촬영이 있든 없든 하루에 줄넘기를 몇천 개씩 합니다. 배우 하정우는 평소에 걷기가 취미인데 걷는 거리가 몇 만 보에 달할 정도로 엄청난 양을 걷는 걸로 유명합니다.

이렇게 지독할 정도로 운동을 하는 이유는 여러 가지가 있겠지만 무엇보다 지구력 있는 체력을 갖기 위해서입니다. 현장 경험이 있다면 알겠지만 똑같은 장면을 수십 번 찍기도 하고, 며칠씩 밤샘 촬영을 하다 보면 결국 체력이 뒷받침되어야 연기를 할 수 있습니다.

자기 관리는 결코 이름 있는 배우들의 몫이 아닙니다. 배우 조성하의 말처럼 자기 관리는 무명, 유명 상관없이 배우라면 끊임없이 해 나가야 할 의무이자 숙명과도 같습니다.

예전에 소개로 알게 된 어떤 신인 배우가 성형수술로 고민하고 있었습니다. 그래서 그보다는 살을 좀 빼 보면 화면에서 더 괜찮게 나올 것 같다고 조언해 줬더니 "작품만 들어간다면 뭐든 해야죠!"라고 말했습니다. 그때는 어떻게 답을 해야 할지 몰라서 그저 웃음으로 마무리했는데, 지금 다시 답을 해 준다면 거꾸로 "뭐든 지금 하신다면 작품에 들어갈 수 있을 거예요"라고 말해 주고 싶습니다.

신인일수록 자기 관리는 더욱 철저해야 한다고 생각합니다. 왜냐하면 기회는 내일 오게 될지, 일주일 후에 주어질지 모를 일이기 때문입니다.

감정을 사려 깊게 다스리는 법

한 신인 배우가 멘탈에 대한 얘기가 나오자 고민을 털어놓았습니다.

"감정 기복이 심한 편입니다. 배우는 감정을 쓰는 직업인데 늘 멘탈이 불안정해서 걱정이에요."

비단 신인 배우에게만 해당하는 내용은 아닌 듯합니다. 경력이 많든 적든 배우에게 감정을 어떻게 다스려야 하는지에 대한 고민은 항상 따라다닙니다.

소위 말하는 톱클래스 배우 중에도 우울증에 시달리거나 별다른 이유 없이 주위 사람들과 연락을 끊고 은둔하는 경우가 종종 있습니다. 심하면 공황장애에까지 시달리기도 하는데, 왜 유독 배우에게 우울증이나 공황장애 같은 마음의 병이 생기는 걸까요?

한 연구(Jamison 1996)에 의하면 시인의 50%, 음악가의 38%, 화가의 20%, 조각가의 18%, 건축가의 17%가 우울증을 겪는다고 합니다. 연예인을 따로 조사한 결과는 없지만, 넓게 보면 예술가에게 특히 자주 나타나는 증상임에는 분명해 보입니다.

그 이유에 대한 해석은 다양합니다. 가장 많이 언급되는 이유는 스트레스와 불안감입니다. 인기나 명예에 얽매이고 싶지 않아도 그에 따라서 배우의 입지가 달라지다 보니, 앞으로 언제 어떻게 될지 모른다는 위기감은 늘 잠재하고 있을 수밖에 없습니다. 특히 배우는 말 한마디, 행동 하나에 직업의 생명까지 걸려 있다 보니 어느 자리에서든 책임감이 따르고 조심스러운 것도 사실입니다.

또 다른 이유 중의 하나는 배우라는 직업이 무에서 유를 창조하는 직업이기에 그렇습니다. 매번 새로운 캐릭터를 창조해 내고 한시적으로 내가 아닌 다른 사람으로 살아가야 하는데 그에 따른 정신적인 부담도 상당합니다.

예를 들어 우리가 수영장에서 수영하는 것과 달리 바닷속 깊이 잠수를 하면 감압에 따른 고통이나 의식을 잃을지 모르는 두려움이 생기는 것처럼, 배우에게는 일상적인 생활로는 겪을 수 없는 상당한 정신적인 후유증이 동반됩니다.

종합해 보면 배우는 남의 이야기와 반응에 민감하고 앞

으로 어떻게 될지 모른다는 불안감이 크기 때문에 스스로에게 갖는 부담감과 스트레스 역시 클 수밖에 없는 직업입니다.

결국 이를 예방하고 해결하는 방안은 긍정적인 사고 전환입니다. '이런 캐릭터로 이미지 변신을 하면 사람들이 좋아할까?' '이 작품을 했다가 내게 해가 되면 어쩌지?' 꼬리에 꼬리를 무는 걱정에서 벗어나려면 생각을 완전히 달리할 수밖에 없습니다. 부정적인 생각 대신 '나는 많은 사람에게 기쁨을 주려고 이 일을 하고 있어'라고 스스로 각성하고 긍정적인 방향으로 생각을 바꾸면 마음을 괴롭히는 일들이 사라집니다.

사실 나에게 즉각적으로 해가 되는 일들은 그다지 발생하지 않습니다. 하지만 우리는 늘 이런저런 이유로 걱정하고, 있지도 않은 고민을 떠안고 살아갑니다. 앞으로 있을지 없을지도 모르는 일들까지 끌어안은 채 말입니다.

그럴 때일수록 잠시 쉬면서 자신을 천천히 관찰하고 지금 내가 하는 일의 이유에 대해서 끄집어내면 걱정은 생각지도 않은 방향으로 흘러가게 됩니다. 그렇게 되면 초조했던 마음도 여유로워지고 예민하게 반응했던 문제에 대해서도 둔감해질 수가 있습니다.

배우는 분명 예민한 직업입니다. 정신적인 소모가 상당한 직업이기도 합니다. 그런 배우에게 둔감해지라고, 여유를 가지라고 말하는 게 역설적으로 느껴질 수도 있습니다.

하지만 운동선수에게 체력적인 휴식이 중요하듯 어떤 의미로 배우에게는 둔감함이 필요할 수도 있습니다. 그리고 지금 나를 정신적으로 괴롭히는 일들이 배우를 하면서 어쩔 수 없이 겪을 수밖에 없는 일이라면 그것 또한 받아들일 준비가 되어 있어야만 합니다.

그러기 위해서 다시 한번 배우를 하려는 목적과 이유에 대한 곱씹을 필요가 있습니다. 그러면 지금 나에게만 일어나는 일이 아니라 길게 보면 이것 역시 지나가는 일 중의 하나라고 받아들일 수 있는 여유도 가지게 될 겁니다.

"그냥 흘러가는 대로 가 보자."

영화 〈라라랜드〉

생각의 전환

배우 지망생들은 정보에 목말라 있습니다.
정보를 얻는 창구도 제한적이다 보니
왜곡된 사실을 의심 없이 받아들이는 경우도 많습니다.

하지만 잘못된 선입견에 사로잡히면
어느 순간 그게 하나의 기준이 되어
목표와 방향마저 흔들리게 됩니다.

여러분이 배우와 관련해서 상식적으로 아는 사실들이
반드시 그렇지 않은 경우도 많습니다.
오히려 그 반대인 경우도 종종 있죠.
지금부터 바로 그 이야기를 하려고 합니다.

나쁜 경험을 많이 해야 좋은 배우다?

미투 운동이 있고 난 뒤 업계의 분위기는 달라졌습니다. 예전에는 배우에게 성적인 농담을 하거나 외모를 지적하는 일이 종종 있었습니다. 배우는 이성이 좋아할 만한 매력을 갖춰야 한다면서 교묘하게 선을 넘는 발언을 한다거나, 쿨하게 보여야 한다며 배우에게 비상식적인 언행을 하는 사례도 있었습니다. 반대로 모범적이고 단정한 스타일의 배우에게는 "당신의 라이프스타일에는 거침없고 어디로 튈지 모르는 배우의 매력이 묻어나질 않는 것 같다. 좀 더 센 느낌이 있었으면 좋겠다"라는 이야기들을 했습니다.

외모로만 배우를 평가하는 사람들의 말처럼 배우다운 겉모습이 따로 있을까요? 술, 담배도 안 하고 사람 만나는 걸 즐기지도 않고 바르고 단조로운 생활을 하는 사람은 배우로서 매력이 떨어지는 걸까요? 배우는 꼭 뭔가 감정의 밑바닥까지 경험해 보고 범상치 않은 사고방식을 가져야 매력적일까요?

물론 배우로서 직접 겪은 경험은 연기를 보다 입체적이고 디테일하게 그려 내는 힘이 될 것입니다. 집단 따돌림을 당했거나 집안 사정이 어려워서 온갖 아르바이트를 하는 등 고생을 적잖이 하고 자란 사람은 분명 연기에 있어서도 보통 사람과는 다른 에너지가 응축되었을 확률이 높습니다.

맞는 이야기인지는 모르겠지만 몇몇 선배 배우는 감정 기복이 심하고 욕도 잘하고 싸우기도 잘하는 사람들이 관객의 마음을 잘 흔든다고 말하기도 합니다. 지독할 정도로 남다른 경험을 해 본 사람이라면 감정을 절제하거나 쏟아내는 면에서도 그 폭이 넓을 것입니다. 그건 분명 배우로서 유리한 그릇을 갖게 되는 것이죠. 하지만 그게 '반드시' 배우가 경험해야 할 몫이거나 필요 충분 조건은 아닙니다.

실제 경험의 유무보다 중요한 것은 특정 상황에 대한 '깊고 오랜' 고민이 아닐까 싶습니다. 살인자 역할이나 시한부 역할을 어떻게 경험으로 다 표현할 수 있을까요? 그보다는 '내가 정말 그런 상황이라면, 그런 사람이라면…….'이라는 진지하고 깊은 고민과 감정의 이입에서부터 출발해야 합니다. 단순하게 고민만 한다고 끝나는 것이 아니라 다양한 관찰과 더불어 무한한 상상력을 보태는 노력이 뒷받침되어야 합니다.

결코 단순한 생각만으로는 경험을 이길 수가 없습니다. 하지만 관찰과 상상력을 바탕으로 한 깊은 고민은 경험을 이길 수 있습니다.

당신이 배우로서 나이가 어리거나 비교적 경험이 부족하고 그릇이 작다고 생각한다면, 그걸 늘릴 수 있는 유일한 힘은 매 순간 스스로에게 던지는 날카로운 질문 그리고 무엇이든 될 수 있다는 무한한 상상력입니다.

책이나 영화도 훌륭한 간접 경험이 될 수 있습니다. 경험에 좋고 나쁨은 없습니다. 똑같은 경험을 해도 해석의 차이에 따라서 추억이 될 수도 있고 악몽이 될 수도 있기에. 그래서 배우에게 특정 경험을 강요하거나 그래야만 매력적인 배우로 보일 수 있다는 말은 앞뒤가 맞지 않습니다. 경험은 그 자체로 어떤 식이든 배우에게 의미가 있고, 앞서 얘기했듯이 경험보다 더욱 중요한 건 고민과 관찰 그리고 무한한 상상력이기 때문입니다.

배우는 외향적이고 끼가 있어야 한다?

"배우로서 '끼'가 있다고 생각하나요?"

이 질문을 지망생들에게 던졌을 때 "아니요. 저는 내성적이고 낯가림도 심해서…….".라는 답을 종종 들은 적이 있습니다. 그러면 내성적이고 남 앞에 잘 나서지를 못하면 배우로서 끼가 없는 걸까요?

우리는 어렸을 때부터 남 앞에 잘 나서느냐 못 나서느냐를 끼의 문제로 여기곤 했습니다. 무대 위에서 장기 자랑을 할 수 있는지 혹은 많은 사람 앞에서 떨지 않고 당당히 설 수 있는지가 곧 끼의 유무였습니다. 이런 끼라면 외향적이고 적극적인 사람들에게 다분할 겁니다.

하지만 배우들을 만나 보면 내성적인 성향의 배우들이 더 많은 것 같습니다. 낯가림이 심한 배우들도 생각보다 많고 흔한 포토 월 앞에 서는 잠깐의 순간도 몹시 불편해하는 배우들도 많습니다. 남들 앞에 서는 걸 부담스러워하는 사람들이 카메라 앞에서 능청스럽게 연기하는 걸 보면, '대체 저 배우의 에너지는 어디에서 오는 걸까?' 생각해 보게 됩니다.

배우 이상윤은 낯가림도 심하고 진중한 편이라 처음 연기를 시작했을 때 굉장히 부끄러워했지만, 연기를 통해 사람들이 자신의 이야기를 귀담아듣고 집중해 주는 경험이 너무 좋아서 연기를 계속하게 되었다고 합니다.

이런 경험을 이야기하는 배우들은 꽤 많습니다. 적어도 카메라 앞에서는 평소 해 보고 싶었던 것도 할 수 있고, 내가 하지 못했던 걸 할 수 있기 때문에 배우라는 직업이 더욱 매력적이라고 합니다.

이쯤 되면 배우에게 내성적이냐 외향적이냐는 중요하지 않고 배우와 끼는 별개의 문제로 보입니다. 소속 배우였던 김인권은 코미디 연기로 유명하고 굉장히 넉살 좋아 보이지만, 실제로는 무척 내성적이고 진중한 배우입니다. 그가 말하길 배우는 평소 외향적이냐 내성적이냐가 중요한 게 아니라 무대든 카메라 앞이든 연기를 할 때 얼마큼 집중해서 표현할 수 있는지가 관건이라고 합니다.

그런 면을 본다면 평소에 에너지를 다방면에 분출하는 외향적인 사람보다 오히려 내적인 에너지를 차곡차곡 쌓는 사람이 촉발되는 순간 더욱 폭발력이 있을 수도 있습니다.

　배우로서 말하는 끼는 당신이 외향적이냐 내성적이냐를 가르는 기준이 아닙니다. 평소에 말수도 없고 남들 앞에서 말하는 걸 부끄러워하는 사람도 카메라가 온에어 되는 순간, 그동안 한 번도 보지 못했던 모습까지 끄집어낼 수 있을 때 우리는 배우로서 끼가 있다고 합니다.

　끼는 처음부터 타고나는 게 아닐 수도 있습니다. 시간이 지날수록 그리고 경험이 거듭될수록 끼는 더욱 단단해지고 강해질 수 있을 것입니다. 그러고 보면 배우에게 끼는 선천적이라기보다 후천적인 노력과 경험으로 키워지는 게 아닐까 싶습니다.

악역은 무섭고 세게 보여야만 한다?

배우라면 누구나 한 번쯤 욕심을 내 보는 역할이 악역입니다. 실제 무명 배우였다가 상업영화 악역으로 관객들에게 각인을 시켜서 유명해진 배우들도 많고, 비중은 크지 않아도 확실하게 눈도장을 찍을 수 있다는 점에서 악역은 충분히 매력적입니다.

악역이 매력적인 또 다른 이유는 섬뜩할 정도로 무서운 연기를 잘 소화했을 때 배우의 평소 이미지와 차이가 클수록 더 연기를 잘하는 것처럼 느껴지는 효과도 분명 있기 때문입니다.

CGV '배우토크'에서 악역 전문 배우로 알려진 배우 김희원에게 악역 연기를 잘하는 비결에 대해서 물은 적이 있었습니다. 그의 대답은 굉장히 의외여서 기억에 오래 남았습니다.

"악역은 단지 눈빛이 무섭고 세 보여야 잘하는 게 아니다.

사람이 가장 무서움을 느끼는 순간은 섬뜩한 장면을 봤을 때 그게 내 이야기, 내 주변의 이야기같이 느껴질 때다. 바늘로 찔러서 피 한 방울 안 나올 것 같은 사람이 아니라 슬플 때 진심으로 슬퍼하고 웃을 때는 천진난만해 보일 정도로 해맑게 웃는 사람, 인간다운 사람이 악역일 때 더욱 무서워지는 것이다."

그러고 보면 우리가 인정하는 악역들도 대개 그런 면이 있었던 것 같습니다. 영화 〈추격자〉에서 배우 하정우가 농담하듯이 "안 팔았어요…… 죽였어요!"라고 웃으며 말하는 장면이나 영화 〈아저씨〉에서 배우 김희원이 사람을 눈앞에서 잔인하게 죽여 놓고 "밥 왔어, 밥 먹어"라고 동생한테 얘기하는 장면 역시 평소 옆집에 살 것 같은 사람이 그랬기 때문에 더욱 서늘하게 느껴지는 것입니다.

영화 〈다크 나이트〉에서도 조커가 병원을 폭파하며 나가는 장면에서 폭탄이 다 터지지 않자 짜증 내는 듯 리모컨을 잡고 흔드는 다소 익살스러운 모습까지, 오히려 사람의 악랄함을 더욱 돋보이게 하는 장면이라 두고두고 회자되곤 합니다.

결국 악역은 악역 같아 보여야 한다는 공식에 따라 '비현실적인 캐릭터'를 설정하는 게 아니라 악역 역시 사람이라는 발상의 전환에서부터 시작해야 합니다.

배우가 되고 싶다

이러한 상식 뒤집기는 연기에 있어서 배우 지망생에게 많은 부분을 시사합니다. 다시 말해 어느 영화나 드라마에서 악역을 맡았을 때 악역을 돋보이게 하는 건 비단 앙칼진 목소리와 섬뜩한 눈빛이 아니라는 점입니다. 악역이라고 해서 반드시 눈에 힘을 주고 화를 내거나 감정을 폭발하는 것만이 아니라 과연 어느 포인트에서 이 사람이 가장 악인으로 각인될 수 있을까에 대해서 질문해 볼 필요가 있습니다.

친근한 모습이 문득 비칠 때가 소름 끼치도록 무서울 수도 있고 눈 하나 깜빡거리지 않고 침착한 모습일 때 역시 가장 두려워지는 포인트일 수도 있으니까요.

힘을 뺀 연기가 쉬웠어요

배우들이 작품을 끝내고 한 인터뷰를 보면 "이번 작품에서는 힘을 뺀 연기를 할 수 있어서 만족했다."라는 내용을 종종 보게 됩니다. 베테랑 배우들도 나이가 들면서 영화의 흐름에 몸을 맡기는 힘 뺀 연기를 생각하게 됐다고 인터뷰에서 이야기하곤 합니다.

대중들도 감정을 쥐어짜는 연기보다 연기를 하고 있다는 느낌이 들지 않을 정도로 편안하고 자연스러운 연기에 대한 호감이 높은 편입니다. 유해진이나 마동석 같은 배우들이 자연스러운 생활 연기로 독보적인 존재감을 드러내며 큰 사랑을 받는 것도 사실이고요.

그런데 한 가지 의외인 사실은 신인이나 지망생들이 이런 '힘 뺀 연기'에 대해서 도리어 쉽게 접근한다는 점입니다.

요즘은 신인들이 오디션에서 부쩍 생활 연기를 하는 추세입니다. 감정을 쏟아 내는 눈물 연기보다는 편안한 독백 같은 연기를 하는 편이죠. 예전에는 눈물 흘리는 슬픈 연기나 에너지를 폭발시키는 분노 연기를 하는 신인들이 많았다면, 요새는 본인의 이야기를 전달하거나 어깨에 힘을 푼 연기를 보여 주는 경우가 많습니다.

배우 설경구는 영화 〈루시드 드림〉 언론 시사회에서 이런 말을 했습니다.

"나도 나이를 먹다 보니 강한 역할이 있으면 강하게 하는데, 이전과는 다르게 흐르는 대로 맡겨 보자는 생각이 들었다. 상대방의 대사를 잘 들으려고 했다.
내가 치고 나가면 안 되는 역할이었다. 그래서 편한 듯 편하지 않게 찍었다"

여기서 주목해야 할 부분은 '편한 듯 편하지 않게 찍었다.'라는 대목입니다. 사실 힘을 뺀 연기라고 해서 힘이 안 들어가지는 않습니다. 사실은 힘이 들어가지만 힘이 안 들어간 것처럼 편안한 듯 연기해야 합니다. 생활 연기라고 해서 평소 말하듯이 대사를 대충 던지는 것도 아닙니다.

'편한 듯 편하지 않게' 찍었다는 건 편하게 찍기 위해서 감정이나 대사 처리 등 모든 면에서 더욱 각별한 노력을 했다는 뜻입니다. 그렇게 힘 뺀 연기를 하기까지 십 년이 훨씬 넘게 걸렸다는 배우들도 있습니다.

신인들이 힘을 뺀 연기를 쉽게 생각하는 이유는 단지 힘만 빼거나 혹은 감정이나 대사 처리에 있어서 평소 본인 스타일대로 소화해도 된다는 편견에서 시작합니다. 그래서 가끔 오디션장에서 보면 연기를 하는 게 아니라 그저 평소 말투대로 대사를 전달하거나 정확한 감정 분석 없이 편안하게 연기를 하면 그게 생활 연기라고 착각하는 신인들이 있습니다.

다시 말씀드리지만 힘을 뺀 연기는 고도로 계산된 연기입니다. 선배들은 카메라 앞에서 단순해지라고 하지만 단순함에는 실로 다양한 시도와 경험과 연륜이 바탕이 되어 있습니다. 그래야 힘을 뺀 것처럼 연기할 수도 있고 편하지 않지만 편한 듯 보일 수 있습니다.

홍보보다 중요한 리스크 관리

전작 《배우를 찾습니다》에서도 언급했던 부분이지만 배우는 유명해지고 난 후의 관리가 더욱 중요합니다. 비단 유명해지고 난 후의 일이라고도 할 수 없을 것 같습니다. 지금과 상관없는 과거의 행적까지 대중의 입방아에 오르기도 하니까요.

소속사에서도 상당 부분 신경을 쓰는 분야가 바로 배우의 홍보 마케팅입니다. 단순히 보도자료를 많이 내고 안 내고의 문제가 아니라 배우에게 어떤 수식어를 달아 줄지, 어느 시점에 어떤 방법으로 홍보를 해야 가장 효과가 좋을지, 팬들과 어떤 방식으로 커뮤니케이션하는 게 좋을지 등등. SNS에 사진 한 장 올리는 일련의 활동까지 이런 모든 의사 결정이 홍보 마케팅에 포함됩니다.

배우의 홍보를 직접 해 보면서 가장 절실하게 느낀 점은 배우를 띄우는 건 시간도 오래 걸리고 어려운 일이지만, 배우가 추락하는 일은 순식간에 그것도 예기치 않게 벌어진다는 점입니다.

그래서 배우들은 저마다 보이지 않는 뇌관을 달고 산다고 합니다. 뇌관의 종류는 너무나 다양해서 일일이 헤아리기도 어려울 정도입니다. 가볍게는 연애 문제에서부터 성차별이나 군대, 정치 심지어는 조상과 관련된 문제에 이르기까지 그 어떤 게 도화선이 되어서 터질지 예측하기가 힘듭니다.

최근에는 수십 년 전 부모의 채무 문제까지 불거지고, 국민적인 관심을 모았던 미투 운동에 대해서도 소속사가 사전에 나서서 할 수 있는 건 아무것도 없었습니다. 소속사와 계약하기도 전 그것도 10년 전, 20년 전에 있었던 개인적인 일에 대해서 어떻게 알 수나 있었을까요?

배우의 리스크를 사전에 관리하고자 소속사들도 나름 노력하지만 그건 어디까지나 지금까지 터졌던 사건을 반추해서 학습된 것일 뿐입니다. 여지없이 늘 새로운 곳에서 터지는 일들을 당사자인 배우도 놓치기 쉬운데, 어떤 소속사인들 잘 관리할 수 있을까요. '리스크 관리에 특화된 소속사가 있나요?'라는 질문을 업계 관계자들에게 던졌을 때 대답할 수 있는 사람은 거의 없을 것입니다.

배우들이 제게 소속사에 대한 정보를 묻곤 하는데 누구도 리스크 관리에 대한 부분을 물어본 적은 없었습니다. 아마 물어봤어도 쉽게 대답하기는 어려웠을 겁니다. 사건 사고가 잦았던 회사가 리스크 관리가 약해서일까요? 오히려 경험 면으로는 가장 면역력이 높은 회사일 수도 있습니다.

배우들은 회사를 찾을 때 여러 회사를 비교하게 되는데 주로 눈에 보이는 것만 견주어 보는 편입니다. 어떤 배우들이 있는지, 나랑 겹치는 배우가 있는지, 계약 기간이나 배분율 같은 조건이 어떤지에 대한 문제들이 대부분이죠. 물론 꼼꼼히 따져 봐야 할 조건들입니다. 하지만 잘되지 않았을 때, 눈에 보이지는 않지만 사고가 났을 때의 대처 방안에 대해서도 한 번쯤 짚고 넘어갈 필요가 있습니다.

그럼 과연 이 부분을 어떻게 사전에 체크를 할 수 있을까요? 결국은 직원들이 평소에 어떤 가치를 우선으로 삼고 일하는지를 살펴봐야 합니다.

예를 들어 어떤 사안이 벌어졌을 때 그 일이 잘못인지 아닌지에 대한 판단, 그리고 잘못했을 때 잘못에 대한 부분을 인정할지 부인할지에 대한 판단. 마지막으로 언제, 어떤 방식으로 입장을 표명할지에 대한 판단 등 모든 것이 결국 한 사람의 인성과 맥락을 함께합니다. 미투 운동에 대해서도 도마 위에 올랐던 배우들의 대응 방식을 보면 각 회사의 리스크 관리의 단면을 그대로 볼 수가 있습니다.

리스크 관리는 분명 어렵습니다. 출신이 홍보팀이다 보니 그만큼 평소에 고민도 많이 하고 시뮬레이션도 종종 해 보기도 합니다. 그럴수록 리스크 관리는 결국 시스템의 문제가 아니라 가치관의 문제로 귀결됩니다. 기억이 나도 "기억이 나지를 않는다", 알면서도 "모른다"라고 말하는 사람들을 보면서……

잠깐의 눈가림으로 당장의 비난을 모면하지만 결국 그 말이 부메랑이 되어 더욱 깊은 상처들을 남기는 경우를 보면서, 새삼 가치관을 공유하고 방향이 맞는 사람 그리고 그런 회사를 만나는 일이 얼마나 어려운 일인가를 다시금 느끼게 됩니다.

"생각은 말이 되고 말은 행동으로 드러나지.
그리고 인격은 운명이 된다."

영화 〈칠의 여인〉

성공한 배우의 조건

'이런 배우가 성공한다'라는 정해진 규칙은 없습니다.
성공의 기준도 각자 다르지만
성공의 기준을
배우로서 연기를 꾸준히 할 수 있고
대중과 관객에게 인정받는 배우로 삼는다면,
그들에게 한결같이 묻어 나오는
몇 가지 단어들이 있었습니다.

긍정, 겸손, 실패, 도전, 인내 등
자기계발서에서 빠지지 않고 등장하는 단골 단어들이죠.
하지만 이 흔한 단어들을 빼놓고는
그들을 설명하기가 어려웠습니다.
지극히 당연한 일이 어쩌면 가장 어려운 일일지도 모릅니다.

긍정하고 또 긍정하라

CGV '배우토크'에서 한 지망생이 배우 장영남에게 이렇게 물었습니다.

"연극으로 배우 생활을 시작한 지가 20년이 넘었고 무명 배우로 보낸 기간이 십 년이 넘는데, 힘들었던 기간을 어떻게 극복했는지 궁금합니다."

그녀의 대답은 단호하고 간결했습니다.

"그때를 힘들다고 생각한 적이 없는데요?"

무명 배우로서의 삶이 당연히 힘들었을 거라고 생각했습니다. 그런데 그녀는 8년 가까이 극단 생활을 하면서 쉬는 날이 60일도 채 안 되었는데도 그때가 참 행복했다고 얘기합니다.

극단 생활을 하면서 단원들의 의상과 소품 그리고 극장 청소까지 모두 담당해서 쉴 시간이 없었는데 하루하루가 그저 즐거웠다고 이야기합니다. '좋은 사람들과 함께, 하고 싶은 연기까지 하는데 행복하지 않을 이유가 어디 있냐'는 그녀의 진심이 그대로 느껴졌습니다.

CGV '배우토크'를 진행하면서 만났던 선배 연기자들을 보면서 느낀 공통점이 하나 있습니다. 그들은 지나치다 싶을 정도로 긍정적이고 '연기'라는 일을 진심으로 사랑하는 사람들이라는 점이었습니다.

배우를 포기하고 싶었을 때 포기할 수 없었던 이유도 그저 연기가 좋아서였고, 그렇게 어찌어찌하다 보니 지금까지 오게 되었다고 했습니다. 누구도 긴 무명 시절에 대해서 원망하거나 '왜 나를 더 일찍 알아주지 않았을까?' 하는 아쉬움을 토로한 적이 없습니다. 오히려 대개 본인들은 운이 좋은 편이라고 했습니다.

사실 말이 쉽지 긍정이라는 단어는 가까이 있는 듯해도 좀처럼 함께하기는 어려운 단어입니다. '내일 아침에 눈을 뜨면 긍정적으로 하루를 살아 봐야지.'라고 마음속으로 여러 번 다짐하지만 현실은 긍정적인 인간으로 살게 내버려 두지 않습니다. 엄마의 잔소리부터 친구의 우려 섞인 조언, 인정받지 못하는 현실, 동료와의 비교, 통장 잔고 등 수많은 걱정거리가 '긍정'이라는 단어 앞에서 좌절하게끔 만듭니다.

누구나 긍정적인 마인드가 좋고 필요하다는 건 알지만 쉽게 실천하지 못하고 어렵다는 것을 알고 있습니다.

대부분 긍정이라는 단어를 멘탈의 문제로 생각합니다. 그래서 어떻게 마음먹느냐에 달렸다고 생각합니다. 그런데 앞서 얘기했듯이 사람이 어느 한순간 '내가 긍정적으로 살아봐야지'라고 마음을 먹는다고 현실이 쉽게 달라지지는 않습니다.

그래서 '긍정'을 현실에 심으려면 거의 모든 의사 결정이나 소소한 행동에도 적용하려고 '의도적으로 노력'해야 합니다. 절반이 채워진 물잔을 놓고도 '비었네'와 '차 있네'로 해석이 다른 것처럼, 큰일이든 작은 일이든 의식적으로 긍정적인 시각을 가지려는 노력이 필요합니다.

'작은 배우는 있어도 작은 배역은 없다'라는 명언이 있습니다. 누군가에는 하찮은 역할이 누군가에는 선물 같은 일일 수도 있습니다.

긍정적인 마인드는 어느 순간 선물처럼 주어지는 것이 아닙니다. 매 순간 스스로에게 던지는 질문인 동시에 지속해서 노력해야 얻을 수 있는 삶의 방식입니다. 그런 습관과 노력이 몸에 배었을 때 우리는 긍정적인 사람이라고 부릅니다.

긍정하고 또 긍정하십시오. 당신의 출발은 불안하고 불가능해 보이겠지만 그럴 때마다 의지하고 버틸 수 있는 힘은 모두 긍정의 힘에서 나오기 때문입니다.

열등감부터 받아들이자

개념 연예인으로 유명한 배우 유아인은 '매일경제 스타투데이'와의 인터뷰에서 열등감에 대해 이렇게 말했습니다.

"제 에너지의 근원이요? 열등감이 제 힘의 원천 중 하나예요. 열등감, 피해 의식, 자격지심. 그런 것들이 저를 엄청나게 괴롭히죠. 결국 그것으로부터 유연한 방식으로 솔직해지기도 하고요. 제 별명이 엄유연이에요. 하하!"

배우에게 열등감은 때로는 자양분이 됩니다. 유아인뿐만 아니라 김혜수, 강하늘 등 수많은 배우가 인터뷰에서 밝힌 이야기입니다. 재능이 모자라다는 열등감은 끊임없이 배우를 자괴감에 빠지게 만듭니다.

때로는 자괴감이 패배감으로 이어지기도 하고 그걸 극복

하지 못하면 포기라는 선택에 이르기도 합니다. 그러나 아이러니하게도 수많은 배우가 불치병처럼 품고 왔던 열등감을 본인이 연기를 잘할 수 있게 하는 가장 큰 에너지라고 이야기합니다.

열등감에 사로잡히는 이유는 여러 가지가 있을 것입니다. 외모적인 콤플렉스가 될 수도 있고, 연기 교육을 제대로 받지 못했다는 자격지심일 수도 있고, 노력해도 따라잡을 수 없는 재능일 수도 있습니다.

아마 열등감에 시달리지 않은 배우는 거의 없으리라고 봅니다. 어떤 기준에서든 본인만의 열등감이 있고, 크든 작든 연기를 하는 데 장애가 될 수도 있는데, 왜 배우들은 열등감을 스스로 성장하게 만든 원동력으로 꼽는 걸까요?

우선 열등감은 자신이 부족한 부분을 인정하게 만들어 줍니다. 자신에게 부족한 부분을 모른다는 게 오히려 더 큰 문제일 수 있습니다. 스스로 성장하기 위해서는 우선 자신의 약점과 콤플렉스를 정확히 인지할 필요가 있습니다.

CGV '배우토크'에서 배우 조재윤은 자신의 콤플렉스로 'ㅅ'발음이 안 된다는 점을 예로 든 적이 있습니다. 유명한 스피치 학원에 다녀 보기도 하고 발음 교정에 특별한 노력을 기울였지만 결국 교정할 수가 없었다고 합니다. 노력으로도 극복할 수 없다는 사실에 처음에는 엄청난 자괴감에 빠졌다고 합니다. 그러나 그는 노력을 멈추지 않았습니다. 결국 그는 끊임없는 시행착오 끝에 'ㅅ' 단어가 나오기 전에 한 템포 호흡을 멈췄다가 들어가는 그만의 호흡법을 만들었다고 합니다. 그가 독특한 대사 처리와 사투리로 눈도장을 받고 인정받기 시작한 시점도 그 후부터라고 합니다. 약점을 강점으로 바꾼 절묘한 신의 한 수가 아닐 수 없습니다.

열등감을 긍정적으로 받아들이게 되는 또 하나의 이유는 열등감 자체가 잘하고 싶어 하는 '욕심'에서 비롯되기 때문입니다. 연기를 잘하고 싶다는 욕심, 내가 가진 것보다 더 잘하고 싶다는 욕심은 분명 나를 더욱 다그치고 자신의 한계를 시험하게 만듭니다.

거의 모든 배우는 자신의 연기를 보고 쉽사리 만족하지 못합니다. 어떤 배우들은 자책에 가까우리만큼 스스로 괴롭히는 경향이 있는데, 그런 점은 분명 배우에게 제자리에서 멈추지 않고 더 발전할 수 있는 동기를 부여합니다.

배우에게 어쩌면 열등감은 없어서는 안 될 조건과도 같다는 생각이 듭니다. 끊임없이 고민하게 만들고 더욱 성장하게 만드는 힘은 결국 열등감에서 비롯되니까요. 스스로 부족한 점을 인정하고 자극을 주며 더 나은 배우가 되기 위해서 끊임없이 노력하게 만드는 근원적인 감정.

여러분이 지금 배우로서 열등감을 느끼고 있다면 오히려 긍정적인 신호입니다. 그건 분명 당신에게 또 하나의 에너지와 원동력이 되어 줄 테니까요.

나를 이긴 경험

"지금까지 살면서 자신의 한계를 극복해 본 경험이 있나요?"

제가 신인 배우 혹은 배우가 아닌 사람에게도 같이 일할 목적으로 인터뷰할 때 꼭 물어보는 질문 중 하나입니다.

사회생활을 하면서 어떤 분야에서든 성공하거나 인정받는 사람들을 두루 만나면서 느낀 공통점은 인생의 모멘텀이 될 만큼 스스로 한계를 뛰어넘은 기억이 있다는 점입니다.

성공의 크기는 중요치 않습니다. 3개월 안에 10kg을 감량했거나 영업 매출을 2년간 목표 대비 초과 달성했거나 크고 작은 성공의 기억을 가지고 있으면 됩니다. 중요한 건 그 시점을 전후로 '나는 뭐든 할 수 있다'는 자신감을 얻게 된다는 사실입니다.

한 가지 더 조건이 있다면 자신을 이긴 경험이 남들과 다르게 특별해야 한다는 점입니다. 자신만의 스토리가 있어야 하고 그 이야기를 들었을 때 누구나 공감할 수 있어야 합니다. 금연에 성공하거나 대학 시절 한 학기 장학금을 받았던 경험도 분명 스스로의 한계를 뛰어넘은 기억이고 칭찬할 만합니다.

하지만 그보다는 본인만의 노하우와 노력으로 한 단계 성장한 경험을 말합니다. 적지 않은 시간을 투자해야 하고 남들이 어렵다고 하는 일을 그리고 감히 해내지 못한 일을 성공시켜 본 경험이어야 합니다.

서른이 넘은 나이에 얼굴을 알리기 시작한 배우 배유람은 학창 시절부터 독립영화를 200편가량 찍었다고 합니다. 독립영화를 경험해 본 사람이라면 모르는 사람이 없을 정도로 쉬지 않고 수년 동안 독립영화에만 매달린 것입니다.

아마 그렇게 찍은 독립영화들을 본인도 기억해 내기 쉽지 않겠지만 그는 자신만의 특별한 경험을 만들어 냈고 이젠 그를 설명할 때 빼놓을 수 없는 수식어가 되었습니다. 본인만의 수식어가 있다는 것은 남들이 쉽게 하지 못한 일일수록 더욱 인정받기 마련입니다.

크든 작든 성공의 맛을 보면 확실히 그다음에 도전할 때 탄력을 받게 됩니다. 특히 배우 생활은 성공에 대한 가능성이 희박하고 인정받기까지도 오래 걸리기 때문에 그럴수록 작은 성공의 경험 그리고 그런 경험들의 조합이 중요합니다. 프로필에 경력을 한 줄 늘일 때마다 얻는 뿌듯함이라든지, 연극에서 어려운 역을 소화해서 관객에게 인정받은 경험 등 스스로 한계에 부딪혀서 더욱 성장하고 있다는 느낌이 중요합니다.

기억에 남는 성취감은 분명 다음 도전으로 이어지는 연결고리가 될 것입니다. 그리고 성취감은 시간이 오래 걸리면 걸릴수록 남들이 쉽게 하지 못할수록 더욱 깊고 확고해질 것입니다.

지금 당신이 힘든 도전을 하고 있다면, 그것 때문에 괴롭고 마음의 상처도 받고 있다면 그만큼 당신이 받을 보상 역시 크다는 것을 의미합니다.

성공한 사람일수록 성공하기까지 겪었던 시련을 일종의 훈장처럼 자랑스럽게 말합니다. 지금의 어려움과 고통이 크면 클수록 당신은 분명 더 큰 성공을 꿈꿀 수 있는 힘을 미리 확보하는 것입니다. 성공한 사람들의 이야기에는 늘 성공만 있지 않습니다. 성공하기까지의 과정 중 8할은 실패에 대한 언급일 것입니다.

나의 지지자

성공한 배우들은 외롭습니다. 주변에 매니저와 여러 스태프가 함께 있지만 카메라가 돌아가는 순간부터는 오롯이 배우 혼자 감당해 내야 합니다. 연기에 대한 비난, 작품의 흥망에 따른 책임, 사생활 리스크 등 배우가 책임져야 하는 영역은 실로 다양합니다.

소속사가 없으면 연기 외에도 생계유지에서부터 영업을 하는 일까지 본인이 스스로 책임져야 합니다. 가족이나 친구들은 그 힘듦의 깊이를 가늠하기가 어려울 겁니다. 친구들은 "넌 꼭 잘 될 거야!"라고 응원의 말을 전하겠지만 그건 친구로서 변치 않는 우정을 확인하는 정도의 메시지일 수도 있습니다. 여하튼 배우는 무명이든 유명하든 외로울 수밖에 없겠다는 생각을 자주 합니다.

그 누구도 앞날에 대해 확실하게 응답해 주지를 않고, 내가 지금 제대로 맞는 길을 가는지조차도 딱히 누구에게 물어볼 수도 없습니다. 오디션 기회를 얻어서 한껏 기대에 부풀었다가도 결과 앞에서 한없이 위축되기도 합니다.

그렇게 온탕과 냉탕을 하루에도 몇 번씩 오가다 보면 아무리 긍정적인 사람이라도 지치게 되고 그러다 어느 순간 포기라는 카드를 꺼내게 됩니다. 할 만큼 했다는 자기합리화와 함께…….

성공한 배우들의 또 한 가지 공통점은 외롭고 힘들어서 포기하고 싶을 때 옆에서 흔들리지 않도록 잡아 주는 사람이 있었다는 점입니다. 그게 배우자든, 선배든, 친구든 꿈을 굳건하게 유지할 수 있도록 붙잡아 주는 사람이 반드시 옆에 있었습니다. 그리고 그들은 한결같이 가능성을 인정해 주고 포기하지 않게 자극과 조언을 아끼지 않았습니다.

가끔 배우 지망생을 만나서 얘기를 듣다 보면 고군분투하고 있다는 느낌을 받을 때가 종종 있습니다. 배우를 꿈꾸는 사람이 흔치는 않다 보니 어쩔 수 없이 혼자 알아서 하는 경우도 많이 있습니다. 그럴수록 외롭게 혼자 준비하지 말라고 말합니다. 가능하면 같은 꿈을 꾸고 마음이 맞는 사람들을 찾기를 권합니다. 조금 더 경험이 많은 선배와 같이 준비하면 더욱 좋습니다.

지망생 입장에서는 안 그래도 기회가 턱없이 모자란데 여러 명이 함께하면 더욱 기회가 줄어들지 않을까 하는 노파심을 가질 수도 있습니다. 그러나 여러 번 강조하지만 당신의 경쟁자는 지금 옆에 있는 사람이 아닙니다.

함께 꿈을 꾸고 주저앉고 싶을 때 일으켜 세워 주는 사람을 만나세요. 당신의 능력과 열정만으로 긴 마라톤을 완주하기는 힘듭니다. 앞서가는 사람의 발을 보며 쫓아가기도 하고 앞서 뛰어 본 경험자의 노하우가 당신을 더욱 성장시키기도 합니다.

지금 주변을 봤을 때 함께 뛰는 사람이 없거나 나의 지지자가 없다면 당신은 외로운 싸움을 하는 중입니다. 우선은 함께 도전하고 의지할 수 있는 좋은 동료를 찾아보세요. 분명 당신이 힘들고 지칠 때 뜻밖의 위로와 힘이 되어 줄 것입니다.

마음을 비우고 기다리세요

배우 한석규는 '서울경제'와 나눈 영화 〈프리즌〉 인터뷰에서 마음가짐을 길에 비유했습니다.

"이루고 완성하는 것보다 '참고 기다리면서 계속하는 것'이 더 중요합니다. 젊어서는 '완성'이란 단어에 정신이 팔려서 뭔가를 이루고 정복하려고 합니다.

하지만 더 중요한 건 '한다, 하고 있다'입니다. 걸음으로 말하면 어딘가에 도착하는 것보다 그곳을 향해 계속 가는 것이 중요한 것처럼요."

기대와 실망이 반복되면 시간이 지날수록 체념으로 기울어지기가 쉽습니다. 중고 신인들이 가장 힘들어하는 이유도 쓸데없는 희망 고문 때문이라고 합니다.

'이번에는 다르겠지', '다음엔 기회가 올 거야'라는 주문을 걸면서 또 숱한 실망과 체념을 반복합니다.

'왜 나는 안 되는 걸까?', '왜 나한테는 기회가 안 오지?' 같은 생각을 해 보지 않았던 배우는 없을 것입니다. 이때 버틸 수 있는 힘은 긍정의 힘도 주변의 응원일 수도 있겠지만, 제일 중요한 건 마음을 비우는 일입니다. 하지만 마음을 비우는 일은 좀처럼 쉽지 않습니다.

누구나 배우로서 성공을 꿈꾸고 남들보다 잘할 수 있다는 포부를 갖고 있기 때문이죠. 마음을 비운다는 건 기대를 저버리는 게 아니라 실패도 자연스러운 과정으로 받아들이는 자세입니다. 결과가 좋지 않을 때도 남의 탓으로 돌리기보다 스스로 돌아보고 한 번 더 도약하려는 의지를 갖는 일. 저는 여기에서 마음 비우기가 시작된다고 봅니다.

배우로서 잘 풀리지 않는 신인들을 보면 원인을 밖에서 찾는 경우가 유독 많습니다. 오디션 기회가 없어서, 회사의 영업력이 별로여서, 작품이 별로여서 등 자존감이 높을수록 안 풀리는 원인을 다른 데서 찾는 경향이 강합니다. 그러나 이 모든 결과에 대한 대답은 하나입니다. 뛰어난 실력이 있으면 어디에서든 찾게 되어 있습니다.

결과가 좋지 않을 때 외부 요인을 탓하면 그만큼 실망도 큽니다. 본인은 잘하고 있는데 '왜 몰라주는 걸까'라는 부정적인 생각이 마음속에 자리 잡기 시작합니다. 그게 사실이라도 자신을 둘러싼 주변 상황조차 본인 역량에 포함되는 일일 수 있습니다.

그래서 배우 한석규의 말처럼 일희일비하지 않고 결과에 상관없이 '하고 있어'라는 마음가짐이 중요합니다. 그게 바로 마음을 비우는 길이며 쉽게 지치지 않는 조건이기도 합니다. 누구라도 당연하게 말할 수 있는 이 조건이 바로 배우 생활을 오래 하는 배우와 그렇지 않은 배우의 결정적인 차이라고 생각합니다.

친한 동료들과 자주 하는 말이 있습니다.

"잘하고 있어."

상황이 꼬이거나 지치거나 크게 상심할 일이 생겨도 "잘하고 있어."라는 말을 습관적으로 합니다. 지금 하는 일에 대한 보상이 당장 주어지지 않더라도 우리는 서로 다독이고 보듬어 주며 함께 가야만 합니다. 힘들 때마다 '잘하고 있다'고 어깨를 두드려 주고 지금 나는 어찌 되었든 '하고 있어'에 집중해야만 합니다.

결과는 아무도 모릅니다. 결과가 있을 때까지 지금 좋지 않은 상황도 하나의 과정일 뿐입니다. 결과를 떠나서 방향이 맞다고 믿는다면 오롯이 과정에 집중할 수 있고 그럴 때 비로소 마음을 비우게 될 것입니다.

네 번째 질문

이제 시작일 뿐

두려워하지 마세요

자신과의 싸움이 가장 힘든 법이죠.
수많은 선택의 갈림길에서
오늘도 우리는 자신과 치열하게 싸우고 있습니다.

누군가는 자신과의 싸움에서 이기는 확률이 높고
또 누군가는 지는 확률이 높기도 합니다.
그 이유는 '스스로 만든 두려움'이라는 괴물 때문이 아닐까요.
해보지도 않고 내가 질 것이라는 두려움,
자신과의 싸움에서 이겨 본 적이 별로 없다는 경험,
바로 이런 것들이 뭘 제대로 해 보기도 전에
내려놓게 하는 이유가 되곤 합니다.

두려움은
생각만큼 무서운 존재가 아닐 수 있습니다.
그리고 생각보다 당신은
강인한 사람일 수 있습니다.

편견에 맞서다

"배우는 잘생기고 예뻐야 한다."

지금껏 일하면서 심심치 않게 들었던 말 중 하나입니다. 멜로를 하려면, 주인공을 하려면, 광고를 하려면 '잘생기고 예뻐야 한다'는 조건이 반드시 따랐습니다.

웬만한 매니지먼트의 프로필을 보면 흔히 얘기하는 미남 미녀의 비중이 훨씬 큽니다. 광고 시장에서의 선호도와 팬덤이 있어야만 수익성이 있고, 여전히 어린 나이에 주인공 하는 배우들은 잘생기고 예쁜 배우들의 비중이 높기 때문에 그럴 것입니다.

하지만 최근 추세는 분명 변하고 있습니다. 앞서 외모에 대해서 간단히 언급했지만 전형적인 미남 미녀보다는 옆집에 사는 오빠나 동생같이 친근하면서도 본인만의 매력이 있는 배우들이 작품에서 주인공을 하거나 인기가 많은 경우가 늘고 있습니다.

'멋있다', '예쁘다'라는 단어는 언제 어디에 써도 참 좋은 표현이죠. 말투가 예쁘다. 생각이 멋있다. 자세가 예쁘다 등등……. 그러나 유독 배우의 외모를 바라보는 시선에는 '멋있다'와 '예쁘다'라는 단어가 강박적으로 따라다니는 듯합니다. 배우의 매력이 외모로만 결정되지 않는데도 수많은 배우가 성형과 관리에 투자하며 오로지 예뻐지기 위해 필요 이상의 노력을 기울이고 있습니다.

배우는 보여지는 매력이 중요하지만 반드시 멋있고 예뻐야 하는 건 아닙니다. 앞서 얘기했듯이 그게 특히 성형외과에서 추천하는 기준의 미남 미녀를 얘기하는 건 더더욱 아닙니다.

확실히 요즘은 말투가 예쁘거나 기본적인 가치관이 멋있거나 꾸준히 멋있게 살아온 사람을 인정해 주는 경향이 강합니다. 인기 있는 1인 크리에이터들이나 SNS에서 영향력 있는 사람들을 보면 대중의 취향이 기존과는 달라지고 있다는 사실을 분명히 알 수 있습니다. 멋있고 예쁨은 '내가 살아온 과정에게서 나는 향기'와 같은 것입니다.

배우는 본연의 모습을 발견하고 매력을 돋보이려고 노력해야 합니다. 성형을 굳이 반대하지 않지만 판에 박힌 얼굴처럼 성형하는 건 반대합니다. 신인들이 소속사 미팅을 하다 보면 매니저가 배우에게 얼굴은 어떻게 수술했으면 좋겠다고 권유하는 경우가 종종 있습니다. 같은 배우를 바라보더라도 보는 관점이 다르고 미의 기준이 다른데 어떻게 성형외과 의사처럼 "당신은 여기를 이렇게 고치면 되겠네요."라고 진단해 줄 수가 있을까요? 그러한 지적 역시 배우가 멋있고 예뻐야 한다는 편견에서 비롯되는 게 아닐까 싶습니다.

'멋있어져야 한다', '예뻐져야 한다'는 강박에서 벗어나세요. 그보다는 멋지게 살고 예쁘게 말하고 멋지게 생각하고 예쁘게 표현해 보세요.

감독에게 배우를 보는 조건을 물었을 때 그 조건이 잘생기고 예쁜 외모라고 콕 집어서 얘기하는 분은 보지를 못 했습니다. 그보다는 배우의 감정이나 감정을 표현하는 방식혹은 평소의 말투나 습관처럼 인간적인 모습에 더욱 주목합니다.

오디션을 볼 때에도 여러 질문을 하는 이유가 어떤 사람인지가 먼저 궁금하기 때문입니다. 배우의 말 한마디, 미세한 표정 하나처럼 찰나의 순간에 감독은 마음을 굳히는 경우가 많습니다. 오히려 남들이 쉽게 보지 못하고 배우조차 잘 모르는 깊숙한 이면의 어떤 점을 발견했을 때 감독은 더욱 욕심을 내는 경우가 있습니다.

이런 일들은 배우가 잘생기고 예쁘다고 생기지 않습니다. 잘생기지 않아도 예쁘지 않아도 정말 괜찮습니다. 외모를 관리하는 노력보다는 매력적인 인상을 만들기 위해 노력하는 편이 낫습니다.

변화는 자연스러운 것

배우 배종옥은 '씨네21'과의 인터뷰에서 말했습니다.

"아가씨 역할, 결혼한 역할, 엄마 역할, 할머니 역할. 나이에 따라 여배우가 맡는 역할의 분수령이라는 게 있어요. 30대와 30대 중반, 40대와 40대 중반, 50대와 50대 중반, 이런식으로요. 그런 과정을 겪으며 선배님들은 어떤 길을 가고 있는지 탐색하는 것이 내 과제이자 나의 갈 길이라는 생각이 들어요."

배우는 나이가 들면서 소화하는 역할도 변화합니다. 청춘 스타로 이름을 날리던 배우도 세월이 흐르면 부부 연기도 하다가 부모 연기도 하면서 자연스럽게 캐릭터가 변하게 됩니다.

그리고 배우가 가장 많이 신경을 쓰는 부분이고 경계심을 가지기도 할 때가 주어지는 역할의 변곡점을 지날 때입니다. 누군가는 젊었을 때 멜로 주인공을 하다가 나이가 들면서 아이 엄마 역할을 하는 게 대수로운 일이냐고 물을 수도 있겠지만, 배우나 소속사 입장에서는 상당히 신경을 쓰는 부분입니다.

30대 후반의 아직 결혼하지 않은 어떤 배우는 소속사 미팅을 하다가 매니저가 불쑥 아이 엄마 역할을 할 수 있는지부터 물어봐서 빈정이 상했다는 경험을 들려주기도 했습니다. 업계에서는 아이 엄마 이미지를 갖는 순간부터 멜로 드라마의 주인공은 될 수 없다는 설이 떠돌기도 합니다.

과연 그럴까요? 어느 정도 수긍할 수 있지만 한 번 부모 역할을 맡았다고 건널 수 없는 강을 넘듯 다시는 돌아오지 못하는 영역으로 가는 건 아니라고 생각합니다. 부모라고 해서 꼭 나이가 든 설정도 아니고 캐릭터 또한 작품마다 다를 텐데 부모라는 고정관념에만 사로잡힌 편견이 아닐까 싶습니다. 부모 역할이 중요한 게 아니라 어떤 부모 역할인지가 중요하고 캐릭터의 수식어를 더욱 눈여겨봐야 하지 않을까요.

결혼에 대한 생각 역시 마찬가지입니다. 누군가는 배우가 결혼하고 나면 유부남, 유부녀 이미지가 정립돼서 멜로 연기를 할 경우 몰입감이 떨어진다고 합니다. 실제 관계자들에게 종종 듣는 이야기입니다.

부부가 함께 출연하는 리얼리티 예능으로 부부의 이미지가 대중들에게 각인된 경우에는 어느 정도 일리가 있다고 생각합니다. 하지만 단지 결혼했다고 해서 배우의 연기 폭이 제한되거나 이미지가 한쪽으로 굳어지는 건 아닙니다.

변화에 대한 두려움은 배우의 몫입니다. 비슷한 또래뿐만 아니라 선배 후배 배우들과도 경쟁해야 하고 자칫 새로운 도전이 내리막길로 이어지거나 이전보다 못한 평가를 받게 될지 모른다는 우려는 늘 따라다닙니다. 어쩌면 정상으로 올라갈수록 가장 두려운 일이 언제 내려갈지에 대한 두려움일지도 모릅니다.

하지만 배우는 자연스럽게 변화를 맞이해야 합니다. 언제까지나 주인공일 수 없고 배우의 삶 역시 결혼이든 육아든 세월의 흐름에 따라 변하는 것은 자연스러운 과정입니다.

연기 인생 50주년을 맞은 윤여정 선생님은 '21회 부산국제영화제' 관객과의 오픈토크에서 이렇게 말했습니다.

"배우 생활을 오래 하다 보면 보통 자신의 빛나던 시절만을 떠올리는 경우가 있어요. 흔히 말하는 내가 주인공인 시절. 하지만 늘 주인공일 수는 없어요. 주인공이었다가 주인공 엄마였다가 보모였다가⋯⋯.

주인공에서 밀리기 시작하면서 다들 괴로워하지만 난 배역을 가리지 않고 계속 연기를 해 왔어요. 작품을 고르는 기준에 주인공, 조연, 단역은 중요치 않거든요.

배우라는 일을 살기 위한 길로 바라보게 됐죠. 60세가 넘어서는 내가 좋아하는 감독, 내가 좋아하는 작가와 일하면서 여유로움을 찾게 됐어요. 내가 좋아하는 사람들과 여유롭게 일하는 게 나에게 주어진 유일한 사치가 아닐까요."

연애, 결혼 그리고 육아까지 살면서 겪는 소중한 경험들에 더욱 열린 마음을 가져 보면 어떨까요. 물론 작품과 캐릭터를 대하는 선구안은 집요할 필요가 있습니다. 하지만 캐릭터를 거르는 기준이 단지 부모 역할이어서, 조연이어서 같이 고정관념을 가질 필요는 없습니다.

변화에 대해서 두려움은 갖되 변화 자체에 대한 거부감은 내려놓으세요. 누구나 자연스럽게 변화를 맞이합니다. 변화 앞에서 마음이 편해졌을 때 선배들은 더욱 빛나는 활약을 해 왔습니다.

여러분도 대배우들처럼 끊임없이 도전해 보세요. 생각보다 어렵지 않습니다.

지금 나를 괴롭히는 것

CGV '배우토크'에서 배우 한예리는 도전에 관한 얘기를 들려주었습니다.

"사실 무엇을 할 때마다 두려워요. 하지만 일단 해 보는 거죠. 두려움을 이기지 못하면 계속 그 자리에 있게 되니까요. 진심으로 계속해 나간다면 구석에서 사부작거리더라도 언젠가는 분명 알아봐 줄 거예요."

유독 불면증에 시달리는 배우들이 많습니다. 주변에도 숙면을 취하는 배우들이 드물 정도입니다. 스트레스로 인한 단기적인 불면증보다 만성화돼서 평소에 잠들려면 힘든 노력을 해야 합니다.

왜 유독 배우들이 불면증에 시달릴까요? 가장 큰 원인은 지나치게 많은 생각과 고민 때문일 겁니다. 성취감보다 좌절감을 느낄 때가 많으면 부정적인 생각이 지배하기 마련입니다. 그런 생각에 사로잡히면 오디션 기회를 얻거나 누군가에게 도움받을 일이 생겨도, 또다시 고민이 불거지고 희망이 절망으로 바뀌는 경험을 하기 쉽습니다.

문제는 이러한 패턴이 반복된다는 점입니다. 제게 찾아오는 신인들도 대개 이러한 부정적인 패턴에 매몰되어 있을 때, 앞으로 어떻게 해야 할지를 모르겠다고 찾아오곤 합니다. 그럴 때마다 신인들에게 하는 질문이 있습니다.

"지금 무엇이 당신을 괴롭히는 걸까요?"

대답은 다양했습니다. 뭘 해도 안 될 것 같은 패배감, 남들보다 뒤처진다는 자괴감, 노력해도 안 될 것 같은 무기력감 등 각자의 처지에 따라 여러 가지 이유가 있겠죠. 그럼 저는 한 번 더 물어봅니다.

"그게 정말 당신을 괴롭히는 가장 큰 이유일까요?"

어떤 이유든 종합해 보면 '그게 나에게 해가 될지 모른다는 걱정'으로 모아집니다. 배우로 먹고살지 못해서, 인정받지 못해서, 기회를 얻지 못해서 등등. 이 모든 고민이 나에게 좋지 않은 영향을 끼칠지도 모른다는 두려움에서 비롯됩니다.

저도 한때 비슷한 경험을 한 적이 있습니다. 사업도 잘 풀리지 않고 가까운 사람들에게 상처도 받아서 잠을 자려고 누우면 온갖 걱정이 떠올라서 잠을 이루지 못하곤 했습니다. 그때 지인인 정신과 의사에게 상담을 받았는데, 결국 나를 괴롭히는 모든 원인이 두려움 때문이란 걸 알았습니다. '잘 풀리지 않는 일들이 내게 해를 끼칠지도 모른다는 두려움.'

바로 여기서 생각의 전환이 필요한데, 정신과 의사는 걱정이나 두려운 마음이 든다면 '지금 내가 무엇을 위해서 이 일을 하는지에 대한 근원적인 질문부터 출발해야 한다'고 말했습니다. 사업을 하는 이유도, 배우를 하는 이유도 결국 많은 사람에게 기쁨을 줄 수 있고 그 일을 좋아하기 때문일 겁니다.

그래서 힘든 과정을 지나는 것이고 여러 고민과 걱정이 '나에게 해가 되는 것'이 아니라 내가 여러 사람의 기쁨을 위해 '기꺼이 하는 것'이라고 받아들일 수 있게 됩니다.

특히 잠을 못 이루게 하는 고민은, 대부분 아직 일어나지 않거나 있지도 않을 일을 걱정하는 경우입니다. 이런 고민이 들면 '좋아하는 일을 선택한 내 책임이고, 자연스럽게 지나가야 할 과정'이라고 담담하게 받아들이면 됩니다.

"지금 무엇이 당신을 괴롭히나요?"
"당신은 왜 그 일을 하려고 하나요?"
이 질문에 답을 찾다 보면 한결 마음이 가벼워질 겁니다.

결정은 그들의 몫

신인들은 여러 상황 앞에서 주저합니다.

'감독에게 이런 질문을 해도 될까?'

'사무실로 찾아가서 인사드려도 될까?'

'부탁하면 불편해하거나 오해하지 않으실까?'

영화 〈아저씨〉를 제작한 김성우 대표는 신인들과 만남의 자리에서 이런 얘기를 듣고 이렇게 답했습니다.

"그건 그들이 결정할 일입니다."

신인들을 만나면서 '으레 알아서 스스로 단정 짓는 경향이 있다'는 걸 느꼈습니다. 조심스럽고 신중한 자세는 좋지만 상대가 어떻게 반응할지 모르니까 아예 시도조차 안 하는 모습은 안타까웠습니다. 어찌 보면 감독이나 제작진을 지나치게 어려워하는 이유도 있어 보입니다.

하지만 중요한 사실은 감독은 배우를 필요로 한다는 점입니다. 항상 배우의 의견을 듣고 싶어 합니다. 그게 기성 배우든 신인이든 훌륭한 배우와 소통하면서 작업하고 싶어 하죠. 단지 물리적으로 다수의 신인 배우와 소통할 수 있는 시간이 없어서, 그런 기회를 굳이 가지려고 하지 않을 뿐입니다.

만약 신인 배우와 일대일로 대화를 나눌 일이 생긴다면 배우가 궁금해하는 부분에 대해서도 명쾌하게 답을 줄 것입니다. 감독 역시 작품에 대한 의견을 나누고 싶어 할지도 모릅니다.

신인 배우들에게 감독이나 제작진과 소통하려고 얼마나 노력했는지 묻고 싶습니다. 그들이 먼저 신인 배우에게 다가가서 얘기하지는 않습니다. 그러고 싶어도 쉽지 않습니다. 다가가는 것도, 기회를 만드는 것도 결국 여러분의 몫입니다. 거절도 당할 수 있고 여유가 없어서 사양할 수도 있습니다. 하지만 다가가지 않으면 기회조차 없습니다.

여러분이 내성적인 성격이든 모르는 누군가에게 부탁하기 어려워하는 성격이든 그건 중요치 않습니다. 상대가 어려워 보이고 거절당할까 봐 다가가지 못하는 것도 중요치 않습니다. 중요한 건 여러분이 먼저 묻고 답을 들으면 된다는 사실입니다.

이제 시작입니다

'배우를 그만둬야 할까? 계속해야 할까?'
배우 지망생이라면 많이 하는 생각이지만
누군가가 명쾌하게 답을 주기도 어려운 문제입니다.

단순히 가능성만 두고 판단할 수도 없습니다.
비록 남들이 보기에는 성공하지 못해 보여도
본인이 그 일을 좋아하고 그 일을 통해서 행복할 수 있다면
그것보다 감사한 일이 있을까요?

결국은 본인이 선택하고 해결할 수밖에 없는 일입니다.
그래서 두렵기도 하고 망설이고 주저합니다.

한 가지,
배우 지망생들에게 위안을 줄 수 있는 건
여러분은 '이제 시작일 뿐'이라는 말입니다.
네, 여러분은 이제 막 시작하셨을 뿐입니다.

선택의 갈림길에서

"이 길이 맞는 걸까?"

배우가 아니라도 누구나 한 번쯤은 스스로에게 하는 질문일 겁니다. 곁에 있는 사람이 "이 길이 맞다.", "저 길이 맞다."라고 조언해 줄 수는 있지만 선택은 오롯이 본인의 몫입니다. 그리고 선택에 대한 책임 역시 스스로 져야 합니다.

엔터테인먼트 업계에서 오래 일해 온 선배들에게 후배들에게 들려주고 싶은 이야기를 물어보면, 열에 서너 명은 "그 힘든 걸 왜 하려고 하냐?"라고 진심 어린 걱정을 해 줍니다. 하지만 그들도 스스로 선택한 일이었고 '힘들고 안 힘들고'의 문제가 선택의 기준이 될 수 없다는 사실 또한 알고 있습니다. 중요한 건 선택을 내리기까지 충분하고 신중한 고민을 했냐는 의미겠죠.

아마 배우를 하겠다고 마음먹은 순간에는 확고한 의지가 있었다고 봅니다. 그게 순간적으로 불타오르는 열정이든 오래도록 고민해서 내린 결정이든 '내가 배우를 꼭 해야겠구나.'라고 마음먹은 그 순간을 우리는 '초심'이라고 부릅니다.

문제는 바로 그 '초심'의 유효 기간입니다. 시간이 가면 갈수록 초심이 흔들릴 만한 변수들이 계속해서 발생합니다. 굳이 어떤 변수라고 언급하지 않아도 충분히 아시리라고 생각합니다. 조금 올라가고 인정받는 듯하다 싶으면 다시 내리막이고, 온갖 노력을 해도 제자리에 머물러 있는 느낌이 들면서 초심은 바래고 다시 여러 선택의 갈림길에 서게 됩니다. 어쩌면 끝없이 되풀이되고 맞닥뜨리는 순간일지도 모릅니다.

예전에 괜찮다고 생각한 신인 배우가 있었는데 전 소속사와 계약이 끝나서 만나게 되었습니다. 마침 배우도 저와 회사에 대해서 좋게 봐 왔고 함께하고 싶어 해서 일단 구두로 계약하고 연기 레슨과 오디션부터 진행했었습니다. 부모님께는 회사 나온 지가 얼마 안 돼서 조금 시간을 갖고 말씀드리겠다고 해서 기다렸습니다. 한 달 후쯤 약속된 날짜가 되어서 계약하려고 했는데 그 친구에게 문자 한 통이 왔습니다. '스스로에 대한 확신'이 들지 않아서 고심 끝에 계약을 못 할 것 같다는 내용이었습니다. 그래서 그때 '과연 스스로에 대한 확신이란 어떤 걸까?' 하고 깊게 생각해 본 적이 있습니다.

배우로서 확신을 갖고 시작하는 사람은 거의 없으리라고 봅니다. 아마 확신이 있다면 그건 배우를 하기로 결심한 '초심'과 '꿈'에 대한 확신일 것입니다. 그렇다 해도 확신은 약해질 수도 있고 기억이 안 날 만큼 힘든 일들이 눈앞에 쌓일 수도 있습니다.

그럴 때마다 '과연 이 길이 맞는 걸까?'라는 시험에 계속 빠질 수도 있습니다. 이때 가장 중요한 게 바로 '초심'을 끄집어내는 일입니다. 내가 배우를 하기로 마음을 먹었을 때의 다짐, '나는 왜 배우가 되려고 하는가'에 대한 대답, 배우를 하기 잘했다고 느꼈던 순간 등. 이것이 바로 내가 고민과 마주할 때마다 떠올려야 하는 초심의 순간들입니다. 힘들어서 제게 찾아오는 신인 배우들에게 이런 기억들을 소환시켜 주면 다시금 마음을 다잡고 돌아가곤 합니다.

초심은 사라지지 않는 불씨와도 같습니다. 약해질 수도 있지만 노력에 의해서 얼마든지 다시 타오를 수도 있습니다. 지금 힘든 길을 가고 있다고 느낀다면 다시 한번 뒤를 돌아보시기를 바랍니다. 초심을 지피는 동력이 되어 줄지도 모릅니다.

그 '때'를 기다릴 것

"모든 일에는 때가 있다."

제가 참 좋아하는 전도서 3장의 구절입니다. 이 글을 좋아하는 이유는 시간 앞에서 초조해하지 않을 수 있기 때문입니다. 빠를 수도 있고 느릴 수도 있지만 반드시 때가 있다는 말은 스스로에게 무한한 안심을 주기도 합니다. 이 한 문장을 믿고 일이 잘 풀리지 않거나 예정된 일이 어긋날 때면 바로 마음을 다잡기도 합니다.

그럼 과연 '배우에게 모두 때가 있다'는 말을 믿어도 되는 걸까요? 그 말이 설득력이 있으려면 어떤 논리가 필요할까요? 저는 모든 배우에게 때가 있다는 말을 신뢰해도 된다고 봅니다.

그 이유는 '때가 있다'는 말이 반드시 배우의 성공에 대한 개런티를 의미하는 것이 아니라, 기회의 유무에 대한 질문의 답이기 때문입니다. 반드시 톱스타가 되고 주인공이 되어야 배우가 때를 만났다고 생각하지 않습니다. 배우마다 생각하는 성공의 기준이 다를 것이며 어쩌면 그 각각 다른 기준의 꿈에 도달하기 위해서 어떤 순간을 거치게 된다는 의미로 해석할 수 있습니다. 수많은 연기 선배들이 경험해 온 일입니다. 기다리다가 때를 잘 잡은 분도, 그렇지 않은 분도 한결같이 증명해 주고 있죠.

배우 황정민도 기다림을 아는 배우 중 한 명입니다.

"어렵지만 어쩔 수 없이 감당하고 기다리는 수밖에 없다. 연기하는 것 자체를 자랑스러워해야 한다. 일에 대한 확신을 가지고 기다리면 반드시 때가 올 것이다."

여기에 한 가지 조건이 더 필요합니다. 모든 일에 때가 있다고 수동적으로 기다리기만 해서는 기회가 오지 않습니다. 그 때를 기다리며 지금도 무언가를 끊임없이 해야 합니다. 그래야 시간이 오래 걸려도 덜 초조하게 기다릴 수 있습니다. 그 때가 빨리 오더라도 감사히 받아들일 수 있고요.

여러분은 그 때가 언제 올 거라고 기대하나요?

시간과 나이에 쫓기는 기분이 드나요?

지금이 아니면 안 될 것 같은 강박감에 시달리나요?

다시 한번 말하지만 모든 일에는 때가 있습니다. 단지 아직 때를 못 만났을 뿐입니다. 그 때를 기다리며 침착하고 꾸준히 해 나가기만 하면 됩니다. 마라톤을 뛸 때 목적지까지의 거리에만 신경 쓰다 보면 진이 빠지고 멀게만 느껴집니다.

하지만 '언젠가 끝이 나니까 일단 뛰자'는 마음이면 바로 '지금'에만 집중할 수 있습니다. 이것이 지치지 않고 지속적으로 배우를 할 수 있는 이유 중 하나라고 생각합니다.

신념에 대하여

배우 인터뷰를 보면 유독 신념에 대한 언급이 많습니다. 배우에게 신념이란 어떤 의미일까요? 배우들은 왜 유독 신념이란 단어를 자주 말하는 걸까요?

배우 황정민은 영화 〈공작〉을 찍고 배우의 신념에 대해서 다시 한번 생각하게 되었다고 합니다. 실존 인물을 다룬 영화이다 보니 주인공의 신념이 궁금해졌고, 그게 자연스럽게 물에 잉크가 번지듯이 배우 황정민의 신념으로 연결되었다고 합니다. 그러면서 타성에 젖은 자신의 연기를 발견하고 반성하며 새롭게 변하는 계기를 맞이했다고 합니다.

신념이란 결국 '어떤' 배우가 되어야겠다는 스스로에 대한 다짐 같은 성격으로 해석됩니다. 그게 연기에 대한 본인만의 고집이 될 수도 있고, 좋은 배우가 되기 위해 나름대로 정한 소신일 수도 있습니다.

분명한 건 배우가 되기로 결심한 순간부터 신념은 떼려야 뗄 수 없다는 사실입니다. 예를 들어 "관객들에게 실망을 주지 않는 배우가 되겠어", "평생 겸손한 배우가 되겠어"라는 신념은 목표인 동시에 배우의 방향성과도 밀접하게 연관되어 있습니다. 그래서 끊임없이 신념을 고민하고 돌아보게 됩니다.

신념은 옳고 그름으로 판단할 문제가 아닙니다. 본인이 맞다고 믿으면 신념을 위해 어떠한 일이 있어도 흔들리지 않고 지켜 내야 합니다.

그래서 신념은 중요합니다. 신념이 없고 가야 할 방향이 명확하지 않으면 위기가 닥쳤을 때 허둥지둥하거나 그대로 주저앉기 쉽습니다.

배우 진선규는 긴 무명 기간을 보내다가 영화 〈범죄도시〉로 남우조연상을 받았습니다. 그때 눈물을 훔치며 투박하지만 진심 어린 소감으로 사람들에게 깊은 감동을 주어서 화제가 되었죠. 그는 수상 소감을 말하고 나서 "변하면 안 된다", "물 들어올 때 노 저어야 한다"라는 말을 가장 많이 들었다고 합니다. 자신을 유지하는 것과 더 새로워져야 하는 갈림길을 마주하게 된 거죠.

그때 '지금 노를 저을 게 아니라 지도를 다시 한번 펴고 가야 할 길이 어딘지를 봐야 겠다'는 생각이 들었다고 합니다. 노를 젓다 빙글빙글 도는 사람도 봤고 다른 곳으로 가는 사람도 봤기 때문에……. 그래서 그는 '여럿이 함께 타고 갈 수 있도록 배를 정비하고 동료와 함께 가는 것이 최선'이라는 결론을 내렸다고 합니다. 결국 그의 신념은 성공이나 속도도 아니고 함께하는 사람이었던 거죠.

'초심'이 배우를 하기로 한 이유이자 목표라면 '신념'은 어떤 배우가 되겠다는 의지와 방향입니다. 그게 바로 배우가 되겠다고 결심했다면 '가장 먼저 신념에 대한 고민'을 해야 하는 이유입니다.

준비되었나요?

할리우드 배우 메릴 스트립은 두려움을 긍정적인 자극제로 뽑았습니다.

"때로는 준비를 덜 한 것이 아주 좋을 때도 있습니다. 그러면 두려움이 스며들고 두려움은 큰 자극이 되기 때문이죠."

'과연 나는 준비된 사람인가?'

앞서 책의 서두에서 자신이 어디까지 왔는지를 점검하고 부족한 부분을 체크해서 보완해 나가며 성장하는 모습을 그려 봤습니다. 지속적으로 노력하면서 시간이 어느 정도 흐르다 보면 스스로에게 질문을 던지게 될 것입니다.

'어느 정도까지 해야 내가 과연 준비된 사람일까?'

가수 연습생은 몇 년 동안 피땀 흘려 연습하면서 프로듀서에게 인정받기를 기다립니다. 그래야 앨범도 낼 수 있고 가수로서 활동도 시작할 수 있기 때문입니다. 가수로서 준비되어 있는지 아닌지의 판단은 프로듀서의 몫입니다. 데뷔 시기나 앨범을 내는 일정 등은 프로듀서의 권한으로 결정할 수 있습니다.

하지만 배우는 다릅니다. 매니지먼트가 있으면 배우가 어느 정도 준비되어 있는지를 회사에서 판단할 수도 있겠지만, 결국 배우를 캐스팅할지 말지 결정하는 건 감독 혹은 제작진의 몫입니다. 때로는 배우가 준비되어 있지 않아도 감독이 가능성을 보고 선택하기도 하고, 꽤 오래 성실히 준비했다고 해도 오디션마다 결과가 좋지 않은 경우도 흔히 있습니다.

배우가 어느 정도 준비되었는지에 대한 판단 기준은 분명 모호합니다. 연기 실력으로만 기준을 삼을 수도 없고 노력한 만큼 배우의 자질을 갖추었다고 하기도 어렵기 때문입니다. 그렇지만 준비된 배우는 분명히 누군가는 알아차립니다. 낭중지추(囊中之錐)라는 말처럼 재능이 뛰어난 사람은 어디에 있어도 드러나게 되어 있습니다. 어느 정도 준비되어 있는가에 대한 답은 결국 누군가의 인정에 대한 문제로 맞닿아 있습니다.

여러분이 준비되어 있다면 굳이 자신의 자리에서 손을

흔들지 않아도 사람들은 금세 여러분을 알아보게 되어 있습니다. 누군가 당신을 알아봐 준다면 그게 준비되었다는 뜻입니다.

그래서 어느 정도 준비될 때까지는 굳이 스스로에게 그런 질문을 던질 필요가 없습니다. 마치 고온의 사우나에 들어가서 시계를 자꾸 봤을 때 시간이 더디게 가는 것처럼 느껴지듯이, 그저 누군가 알아줄 때까지는 묵묵히 자신만의 길을 가면 됩니다. 때를 기다릴 필요도 없이 숨이 턱까지 차게 뛰다 보면 어느새 목표 지점이 눈앞에 보이는 것과도 같습니다.

"준비되었나요?"라는 질문은 어쩌면 앞으로도 지치지 않고 계속 뛸 준비가 되어 있는지 마음 상태를 묻는 의미가 아닐까 생각해 봅니다.

배우가 되고 싶다

시작하지 않으면
아무 일도 생기지 않는다

머리가 복잡하거나 생각이 많아지면 무작정 걷는 습관이 있습니다. 그러면 신기하게도 잘 생각나지 않았던 묘안이 떠오르기도 하고, 어느 순간 고민이 사라지면서 머리가 맑아집니다. 그저 단순하게 걷기만 했을 뿐인데 행동이 생각을 가다듬어 주는 효과를 내는 거죠.

사실 고민이 많을 때는 아무것도 하고 싶지 않습니다. 일이 손에 잘 잡히지도 않고 무기력해지고 사람 만나는 일에서도 소극적이 됩니다. 이럴 때는 의식적으로 무엇이든 행동을 하려고 노력합니다. 집에 누워만 있기보다는 동네 산책이라도 하고 가까운 사람들을 만나서 대화를 나누기도 합니다.

그렇게 하고 나면 분명 혼자서 고민하는 것보다 사람들을 만나길 잘했다는 생각이 듭니다. 생각이 행동을 만드는 게 아니라 행동이 생각을 바꾸게 되는 거죠.

신인들과 상담하다 보면 다양한 고민을 접하게 됩니다. '걱정 없는 신인이 없네'라는 생각이 들 정도입니다. 그런데 듣다 보면 많은 고민이 자신이 만든 일이고 앞으로도 변화될 기미가 보이지 않습니다.

예를 들어 어떤 신인은 '좋은 소속사에 들어가고 싶은데 어떻게 해야 할지 모르겠다'는 고민을 털어놓습니다. 그 신인에게 소속사에 대해 어디까지 알아봤고 어떤 노력을 했냐고 물어보면, 막상 제대로 아는 것도 없고 노력해 본 적도 없습니다. 노력했다고 해도 '어차피 이 문제는 내가 해결할 수 있는 일이 아니야, 이 정도면 할 만큼 했지'라고 생각하는 듯합니다.

고민이 있다면 당장 눈앞에 있는 일부터 집중해야 합니다. 고민에만 몰입하면 판단이 더욱 흐려지고 지금 하는 일도 제대로 할 수 없게 됩니다. 고민은 해도 해도 해결되지 않습니다. 더욱이 행동으로 움직이지 않고 생각만으로 정리되는 일은 거의 없습니다.

배우에게 고민은 늘 따라다니는 숙제입니다. 아마 배우를 하는 동안 계속해서 따라다니며 무게감을 느끼게 하겠죠.

우리가 할 수 있는 일은 그저 고민은 고민대로 두고 그때마다 하나씩 집중해서 '작은 몰입'을 만들어 가는 방법밖에는 없습니다. 잠깐의 운동이 땀을 흘리게 하고 거기에서 얻은 성취감으로 또 다른 일을 해 나가는 동력을 얻게 되듯이.

우선은 시작하는 용기가 중요합니다. 일단 시작하면 진전이 없는 듯해도, 신기하게 고민이 하나씩 눈 녹듯 사라지는 경험을 하게 될 것입니다. 이렇게 하루가 쌓이고 적립되면서 우리는 원하는 곳에 조금씩 가까워질 수 있습니다.

단, 변화하기까지 그리고 시작하기까지 엄청난 용기가 필요합니다. 어떤 일을 시작하기 전에 보통 부정적인 고민과 감정부터 들게 됩니다. 실제 해 보지도 않고 주변의 경험이나 부정확한 정보 수집으로 선입견부터 갖는 경우가 많습니다. '어차피 좋은 소속사는 나를 안 받아 주겠지', '어차피 오디션 결과는 정해져 있겠지. 인맥도 없는 나 같은 애가 되겠어'라는 등 시작도 하기 전에 스스로를 가두는 방해 조건들이 등장합니다.

하지만 내가 직접 가 보지 않으면 절대 알 수가 없습니다. 이런저런 고민은 늘 우리를 시작도 하기 전에 옴짝달싹 못 하게 붙들려고 합니다. 결국 시작해 보고 한계를 경험해 보면 오히려 고민은 다른 곳에서 나타나기 마련입니다.

'지금 하지 않으면 언제 할 날이 있을까'라는 마음가짐으로 접근해 보세요. 시작하지 않은 사람에게 성취란 있을 수 없습니다. 거창한 용기나 동기가 없어도 시작할 수 있습니다. 지금 눈앞에 있는 작은 일부터 해 보세요.

"진짜 실패자는 넘어지는 게 두려워서
도전조차 하지 않는 사람이야.
그런데 넌 지금 도전하고 있잖아."

영화 〈미스 리틀 선샤인〉

마지막으로 당신은 특별한 사람인가요?

우리는 누구나 특별한 사람이 되고 싶어 합니다. 그리고 특별하다고 믿고 싶어 합니다. 남들보다 더욱 성공하기를 꿈꾸고 돋보이기를 원합니다. 배우라는 직업을 꿈꾸는 사람은 더할 것입니다. 어떤 배우도 평범한 배우가 되고 싶다고 말하지 않습니다. 항상 인정받고 관객의 사랑을 받으며 성장하기를 꿈꾸죠. 그래서 배우의 성공 기준은 늘 높은 곳에 있고 최고를 지향합니다. 상위 1%가 아니면 지는 게임, 그래서 우리는 배우의 성공을 로또에 비유하기도 합니다.

그렇다면 당신은 과연 특별한 존재인가요? 사람들에게 사랑받을 이유가 있나요? 이런 질문 자체가 어불성설일 수도 있습니다. 어떤 분야든 최고가 되고 싶다면 구슬땀을 흘리며 노력하는 게 당연한 이치죠. 하지만 자신이 특별하다고 믿고 남들과 다르고 그래서 꼭 성공해야만 한다는 당위성을 가지는 순간 이야기는 달라집니다. 특히 자존감이 높은 사람일수록 그런 경향이 강합니다.

어렸을 때부터 특출난 재능이 있다고 믿으며 칭찬에 익숙하고 이기는 게임에 익숙한 사람일수록 성공할 것이라고 믿습니다. 그런 믿음은 강박으로 이어지기 쉽습니다. 남과 비교해서 자신의 가치를 찾는 경향이 있기 때문에 일이 잘 풀리지 않으면 원인을 외부에서 찾고 상당한 박탈감을 느끼기도 합니다. 특히 나이가 어린 지망생일수록 외모가 돋보이는 신인일수록 그런 경향이 강합니다.

　어떤 신인이 고민 상담을 하러 왔는데 대부분 "왜 자신의 매력을 몰라주는지 이해가 안 간다."라는 내용이었습니다. 나름 이 업계에 대해서 공부를 많이 하고 경험도 있어 보였습니다. 오디션은 이래서 문제고 소속사는 저래서 문제고 그래서 결국 본인은 구조적으로 피해자라는 논리였습니다. 기회만 주어지면 될 거라는 말을 반복적으로 했습니다. 그 친구에게 해 주고 싶은 이야기는 하나였습니다. 당신만 특별하다고 믿지 말라고.

　성공에 대한 자기 주문과 믿음은 분명 필요합니다. 지칠 때마다 자신을 다잡을 수 있는 마음가짐일 수도 있습니다. 하지만 자신감은 별개의 문제입니다. 자신감은 실패를 경험해도 과정으로 받아들일 수 있게 됩니다. 어떤 어려움이 있어도 극복할 거라는 믿음은 자존감이 아닌 자신감입니다. 지금 당신이 남들보다 뒤처졌다고 느끼고 그래서 상실감을 느낀다면, 자존감이 지나치게 높은 건 아닌지 한 번 생각해 볼 필요가 있습니다.

　자신을 사랑하되 자신만 사랑하지를 않기를, 평범하지만 특별한 배우가 되는 건 어떨지 스스로에게 질문해 보면 어떨까요?

자, 이제
배우가 될 준비가 됐나요?